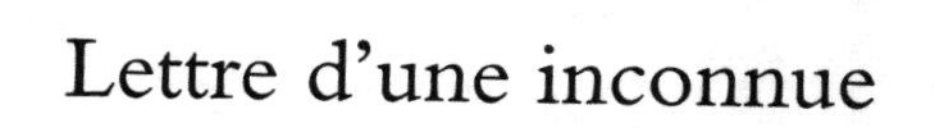

Lettre d'une inconnue

DU MÊME AUTEUR
AUX ÉDITIONS STOCK

La confusion de sentiments

Le joueur d'échecs

Nietzsche

Vingt-quatre heures de la vie d'une femme

Amok

La ruelle au clair de lune

LA COSMOPOLITE

Stefan Zweig

Lettre d'une inconnue

Traduit de l'allemand
par Alzir Hella et Olivier Bournac
et révisé par Françoise Toraille

Préface d'Elsa Zylberstein

Stock

TITRE ORIGINAL :
Brief einer Unbekannten

ISBN 978-2-234-06311-2

Préface

« J'ai souvent souffert, je me suis trompé quelques fois mais j'ai vécu, c'est moi qui ai aimé et non pas un être factice créé par mon orgueil et mon ennui. » Musset aurait pu commencer cette sublime et déchirante lettre d'amour où Stefan Zweig nous plonge dans les insondables profondeurs d'une passion dévastatrice absolue et obsessionnelle. J'ai toujours été fascinée par la force de ce texte, par sa beauté désespérée, par sa profondeur et sa maturité. L'histoire d'un cœur disposé à aimer et à mourir ; d'un cœur sans limites qui se consume avec candeur et mysticisme, l'histoire d'un cœur illuminé qui se raconte et se met à nu face à un homme aimé toute une vie.

On voit la narratrice grandir sous nos yeux, apprendre à aimer si dignement, si paisiblement, que la folie la guette et la rattrape à jamais. Dès l'âge de treize ans, elle tombe éperdument amoureuse de son voisin, un romancier, qui n'est autre qu'un fantôme de Stefan Zweig, séducteur, lâche et inconstant, qui consume les femmes au gré de ses désirs. Zweig dresse le portrait d'un homme qui pourrait être tous les hommes, une caricature de légèreté et d'inconsistance, chassant toujours une proie inconnue. Elle est la victime consentante de ce jeu, la petite fille fascinée par un homme riche inatteignable et mystérieux. C'est comme une danse macabre et secrète, vibrante à souhaits où cette jeune fille prend plaisir à scruter et à attendre.

Il y a tant de pureté dans cet amour obstiné et métaphysique qu'il devient presque lucide et réjouissant ; comme un secret qui la rassure et la construit. Il y a un écho si intime en chacune de nous, un doux soupir lancinant et cruel qui nous ramène à nos démons les plus enfouis. Cet homme qui ne la reconnaît jamais et qui la baise et la rebaise plusieurs fois sa vie durant, sans ne jamais la « reconnaître ». Zweig parle de la multiplicité de la femme, de son côté insaisissable et fantasmagorique et du désir de l'homme devant la virginité et l'inconnu.

Elle, obsessionnelle et masochiste qui aime à en mourir, d'un amour démentiel, nous plonge avec jouissance dans les tourments d'un cœur prêt à se perdre. Elle, en manque de père, d'une image masculine depuis l'enfance, va faire un transfert à chaque période de sa vie sur cet homme qu'elle décide de vénérer. Au moment où Freud et la psychanalyse fascinent, Zweig nous dresse le portrait d'un amour destructeur qui valse avec la mort. Il nous dit que l'on ne possède jamais quiconque et que la passion dévorante et unilatérale rend folle et nous mène au tombeau. Même l'enfant qu'elle met au monde disparaît, même ce cadeau du ciel lui sera retiré.

Comme une petite partie de l'enfant qu'elle était qui meurt aussi.

Elle apparaît alors comme un être sacrificiel, moitié femme, moitié démon, acceptant son sort avec grandeur et dignité. Elle reste libre à tout jamais devant un homme, elle est celle qui a choisi son destin. Cette petite fille naïve puis cette jeune femme à la frontière de la névrose laisse à son amant incestueux des roses et un vase vide. Il n'y a pas de faute puisqu'il oublie ; juste un souvenir furtif d'un visage et d'un bouquet. Elle est presque comme une nonne qui aime son dieu sans limites et qui enfante sans souffrance et sans péché. Elle reste une image non souillée, intacte devant l'homme, et avance avec joie devant l'éternité. C'est une créature gracieuse et bienveillante, visitée par l'air sombre de la tragédie que Zweig nous dépeint avec subtilité. Ce premier amour unique, incandescent et fou, tel l'amour d'une fille pour un père qu'elle ne trahira jamais. Elle choisit un être abandonnant, auquel elle enlace son âme abîmée et accepte sans résistance et sans regret cette bataille livrée contre elle-même. Une héroïne digne de Henry James telle une « bête dans la jungle » elle nous émeut et nous sourit. Ne pas se reconnaître soi-même, nous amène à ne pas être reconnu.

Elsa Zylberstein

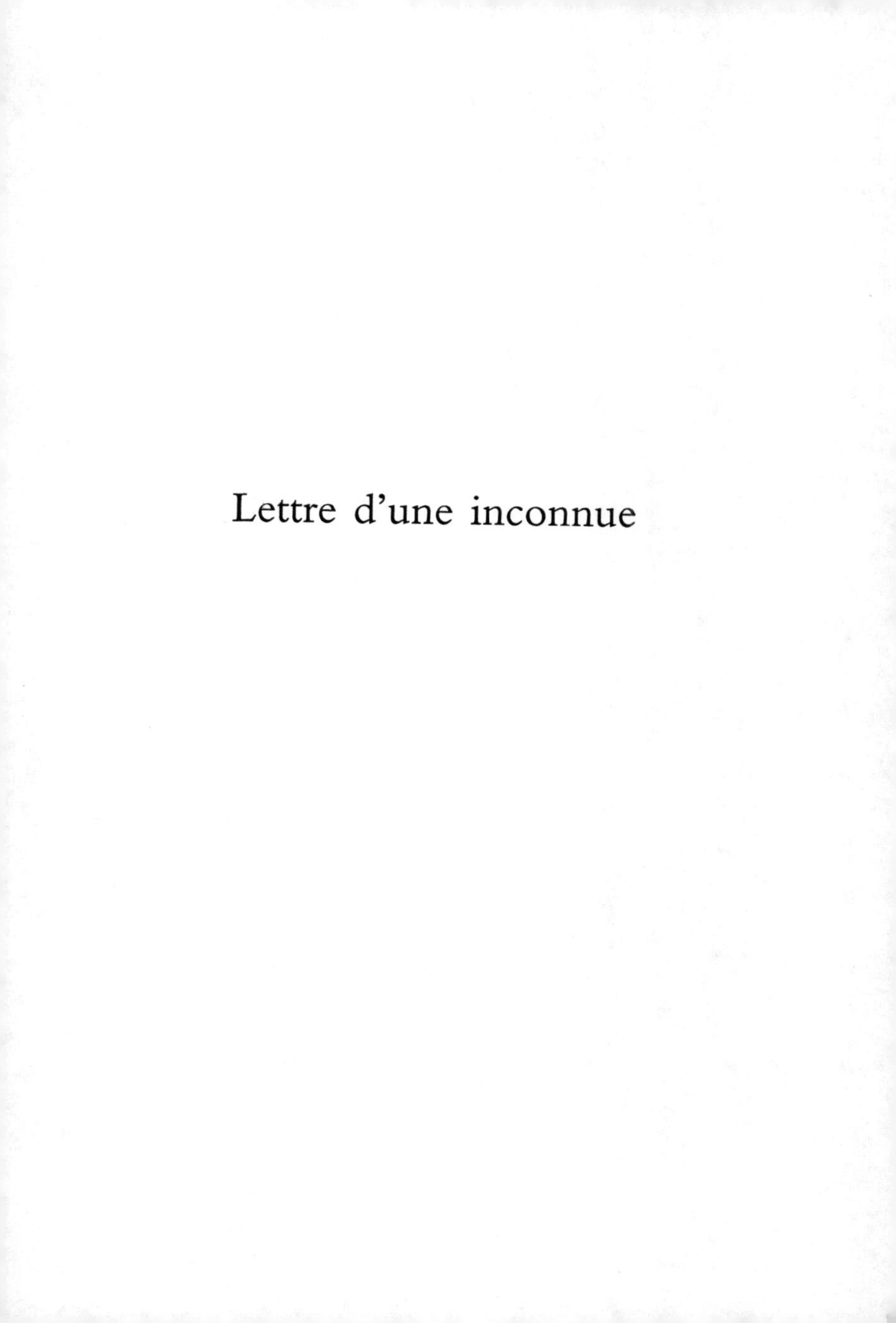

Lettre d'une inconnue

R..., romancier renommé, rentrait à Vienne de bon matin, tout ragaillardi après une excursion de trois jours dans la montagne. Il acheta un journal à la gare ; ses yeux tombèrent sur la date, et il se rappela aussitôt que c'était celle de son anniversaire. « Quarante et un ans », songea-t-il, et cela ne lui fit ni plaisir ni peine. Il feuilleta sans s'arrêter les pages crissantes du journal, puis il prit un taxi et rentra chez lui.

Son domestique, après lui avoir appris que pendant son absence il y avait eu deux visites et quelques appels téléphoniques, lui apporta son courrier sur un plateau. Le romancier regarda distraitement les lettres et ouvrit rapidement quelques enveloppes dont les expéditeurs l'intéressaient. Il mit provisoirement de côté une lettre dont l'écriture lui était inconnue et qui lui semblait trop volumineuse. Le thé était servi ; il s'accouda commodément dans son fauteuil, parcourut encore une fois le journal et quelques imprimés ; enfin il alluma un cigare et prit la lettre mise de côté.

C'étaient environ deux douzaines de pages hâtives, d'une écriture agitée de femme, un manuscrit plutôt qu'une lettre. Il tâta machinalement l'enveloppe pour voir s'il n'y avait pas laissé quelque lettre accompagnant l'envoi. Mais l'enveloppe était vide et elle ne portait pas plus que la lettre elle-même une adresse d'expéditeur ou une signature. « C'est étrange », pensa-t-il, et il reprit les feuilles. Comme épigraphe ou comme titre, le haut de la première page portait ces mots : *À toi qui ne m'as jamais connue.* Il s'arrêta étonné. Cela s'adressait-il à lui ? À un être imaginaire ? Sa curiosité s'éveilla et il se mit à lire.

*

« Mon enfant est mort hier ; trois jours et trois nuits, j'ai lutté avec la mort pour sauver cette petite et frêle existence ; pendant quarante heures, je suis restée assise à son chevet, tandis que la grippe secouait son pauvre corps brûlant de fièvre. J'ai rafraîchi son front en feu ; j'ai tenu nuit et jour ses petites mains fébriles. Au troisième soir, je me suis écroulée. Mes yeux n'en pouvaient plus ; ils se fermaient d'eux-mêmes à mon insu. C'est ainsi que je suis restée trois ou quatre heures endormie sur ma chaise, et, pendant ce temps, la mort a pris mon enfant. Maintenant il est là, le pauvre et cher petit, dans son lit étroit, tout comme au moment de sa mort ; seulement, on lui a fermé les yeux, ses yeux sombres et intelligents ; on lui a joint les mains sur sa chemise blanche, et quatre cierges brûlent aux quatre coins du lit.

« Je n'ose pas regarder ; je n'ose pas bouger car, lorsque la lumière vacille, des ombres glissent sur son visage et sur sa bouche close, il me semble que ses traits s'animent et je pourrais croire qu'il n'est pas mort, qu'il va se réveiller et, de sa voix claire, me dire quelques mots de tendresse enfantine. Mais, je le sais, il est mort, et je ne veux plus regarder, pour n'avoir plus à espérer et pour ne pas être une nouvelle fois déçue. Je le sais, je le sais, mon enfant est mort hier ; maintenant, je n'ai plus que toi au monde, que toi qui ne sais rien de moi et qui, à cette heure, joues peut-être, sans te douter de rien, ou t'amuses avec les hommes et les choses. Je n'ai que toi, toi qui ne m'as jamais connue et que j'ai toujours aimé.

« J'ai pris le cinquième cierge et je l'ai posé sur la table sur laquelle je t'écris. Car je ne peux pas rester seule avec mon enfant mort, sans crier de toute mon âme. Et à qui pourrais-je m'adresser, à cette heure effroyable, sinon à toi, toi qui as été tout pour moi et qui l'es encore ?

« Je ne sais si je m'exprime assez clairement, peut-être ne me comprends-tu pas ? Ma tête est si lourde ; mes tempes battent et bourdonnent ; mes membres me font si mal. Je crois que j'ai la fièvre ; et peut-être aussi la grippe, qui maintenant rôde de porte en porte, et cela vaudrait mieux, car ainsi je partirais avec mon enfant, et je ne serais pas obligée d'attenter à mes jours. Un voile sombre passe par moments devant mes yeux ; peut-être ne serai-je même pas capable d'achever cette lettre ; mais je veux rassembler toutes mes forces pour te parler une fois, rien qu'une fois, ô mon bien-aimé, toi qui ne m'as jamais connue.

« C'est à toi seul que je veux m'adresser ; c'est à toi que, pour la première fois, je dirai tout ; tu connaîtras toute ma vie, qui a toujours été à toi et dont tu n'as jamais rien su. Mais tu ne connaîtras mon secret que lorsque je serai morte, quand tu n'auras plus à me répondre, quand ce qui maintenant fait passer dans mes membres à la fois tant de glace et tant de feu m'aura définitivement emportée.

Si je dois survivre, je déchirerai cette lettre, et je continuerai à me taire, comme je me suis toujours tue. Mais, si elle arrive entre tes mains, tu sauras que c'est une morte qui te raconte sa vie, sa vie qui a été à toi de sa première à sa dernière heure. N'aie pas peur de mes paroles : une morte ne réclame plus rien ; elle ne réclame ni amour, ni compassion, ni consolation. La seule chose que je te demande, c'est que tu croies tout ce que va te révéler ma douleur qui se réfugie vers toi. Crois tout ce que je te dis, c'est la seule prière que je t'adresse ; on ne ment pas à l'heure de la mort de son unique enfant.

« Je veux te révéler toute ma vie, cette vie qui véritablement n'a commencé que du jour où je t'ai connu. Auparavant, elle n'était que trouble et confusion, et mon souvenir ne s'y replongeait jamais ; une sorte de cave où la poussière et les toiles d'araignée recouvrent des objets et des êtres aux vagues contours et dont mon cœur ne sait plus rien. Lorsque je t'ai connu, j'avais treize ans, et j'habitais dans la maison que tu habites encore, dans cette maison où tu tiens maintenant entre tes mains cette lettre, mon dernier souffle de vie ; j'habitais sur le même palier, dans l'appartement en face du tien. Tu ne te souviens certainement plus de nous, de la pauvre veuve d'un fonctionnaire des finances (elle portait toujours le deuil) et de l'enfant maigre et à peine formée que j'étais alors ; nous vivions tout à fait retirées et comme perdues dans notre médiocrité de petites gens. Tu n'as peut-être jamais connu notre nom, car il n'y avait pas de plaque sur notre porte, personne ne venait nous voir, personne ne nous demandait. Il y a si longtemps déjà, quinze à seize ans ! Certainement tu ne te le rappelles plus, mon bien-aimé ; mais moi, oh ! je me souviens passionnément du moindre détail ; je sais encore, comme si c'était hier, le jour et même l'heure où j'entendis parler de toi pour la première fois, où pour la première fois je te vis, et comment en serait-il autrement puisque c'est alors que l'univers s'est ouvert pour moi ? Permets, mon bien-aimé, que je te raconte tout, tout depuis le commencement ;

daigne, je t'en supplie, ne pas te lasser d'entendre parler de moi pendant un quart d'heure, moi qui, toute une vie, ne me suis pas lassée de t'aimer.

« Avant ton arrivée dans notre maison, habitaient derrière ta porte de méchantes gens, mauvais et querelleurs. Pauvres comme ils étaient, ce qu'ils détestaient le plus, c'étaient leurs voisins indigents, nous-mêmes, parce que nous ne voulions rien avoir de commun avec leur grossièreté de pauvres sans dignité. L'homme était un ivrogne ; il battait sa femme ; souvent nous étions réveillés en pleine nuit par le bruit des chaises jetées violemment à terre et par le cliquetis des assiettes brisées ; une fois, la femme, frappée jusqu'au sang, les cheveux en désordre, se précipita dans l'escalier ; l'ivrogne cria derrière elle jusqu'à ce que d'autres voisins sortent de leurs appartements pour le menacer d'aller chercher la police. Ma mère avait, dès le premier jour, évité toute relation avec eux, et elle me défendait de parler aux enfants, qui se vengeaient sur moi en toute occasion. Quand ils me rencontraient dans la rue, ils me poursuivaient de mots orduriers, et un jour ils me frappèrent avec de grosses boules de neige, si dures que mon front en fut ensanglanté. Toute la maison haïssait d'un instinct unanime ces gens-là, et lorsqu'un jour ils eurent une histoire fâcheuse – je crois que l'homme fut emprisonné pour vol – et qu'ils durent vider les lieux, le soulagement fut général. Pendant quelques jours l'écriteau de location fut accroché à la porte de la maison, puis il fut enlevé, et on apprit vite par le concierge qu'un écrivain, un monsieur seul et tranquille, avait pris l'appartement. C'est alors que j'entendis prononcer ton nom pour la première fois.

« Au bout de quelques jours, vinrent des peintres, des décorateurs, des plâtriers, des tapissiers, pour remettre en état l'appartement quitté par ses crasseux occupants ; ce n'étaient que coups de marteau, bruits d'outils, de nettoyage et de grattage ; mais ma mère s'en réjouissait, car elle disait qu'enfin les scènes de ménage et le vacarme étaient bien finis.

Toi-même, je ne t'aperçus pas de tout le temps que dura le déménagement : tous les travaux étaient surveillés par ton domestique, ce domestique si stylé, petit, sérieux, et aux cheveux gris, qui dirigeait tout de haut avec des manières posées et assurées. Il nous en imposait à tous grandement, d'abord parce que, dans notre maison de faubourg, un domestique de grande allure, sentant le grand monde, était quelque chose de tout nouveau, et ensuite parce qu'il était extrêmement poli envers chacun, sans cependant se commettre avec la valetaille et la traiter en camarade. Dès le premier jour, il salua respectueusement ma mère comme une dame, et même envers moi, qui n'étais qu'une gamine, il se montrait toujours affable et très poli. Lorsqu'il prononçait ton nom, c'était avec une certaine révérence, une considération particulière : on se rendait compte aussitôt qu'il t'était attaché bien plus que les serviteurs ne le sont habituellement à leurs maîtres. Ah ! comme je l'ai aimé pour cela, le bon vieux Jean, bien que je l'eusse envié d'être toujours autour de toi et de te servir !

« Je te raconte tout cela, mon bien-aimé, toutes ces petites choses, ridicules presque, pour que tu comprennes comment, dès le début, tu as pu acquérir une telle autorité sur l'enfant craintive et timide que j'étais. Avant même que tu fusses entré dans ma vie, il y avait autour de toi comme un nimbe, comme une auréole de richesse, d'étrangeté et de mystère : tous, dans la petite maison de faubourg (ceux qui mènent une vie étroite sont toujours curieux de toutes les nouveautés qui passent devant leur porte), nous attendions impatiemment ton arrivée. Et cette curiosité que tu m'inspirais, combien ne s'accrut-elle pas en moi lorsque, un après-midi, rentrant de l'école, je vis devant notre maison la voiture de déménagement ! La plupart des meubles, les plus lourds, avaient déjà été acheminés à l'intérieur de l'appartement, et c'était maintenant le tour des objets plus légers. Je m'arrêtai sur le seuil pour pouvoir tout admirer, car tout ton mobilier était pour moi étrange ; je n'en avais jamais vu de semblable : il y avait là des idoles hindoues, des sculptures italiennes, de grands tableaux resplendissants, puis, pour finir, vinrent des livres, si nombreux et si beaux que je n'aurais pu imaginer rien de pareil. On les entassait tous sur le seuil et là le domestique les prenait un à un et les époussetait soigneusement avec un plumeau.

« Je rôdais avec curiosité autour de la pile, qui grandissait toujours ; le domestique ne me repoussa pas, mais il ne m'encouragea pas non plus, de telle sorte que je n'osai en toucher aucun, bien que j'eusse aimé palper le cuir moelleux de plus d'un. Je ne pus que jeter un regard timide sur les titres ; il y avait parmi eux des livres français, anglais, et beaucoup d'autres dans des langues qui m'étaient inconnues. J'aurais pu passer des heures à les contempler ainsi, mais ma mère m'appela.

« Toute la soirée je fus forcée de penser à toi, avant même de t'avoir vu. Je ne possédais, moi, qu'une douzaine de livres bon marché et recouverts de cartonnages usés, que j'aimais par-dessus tout et que je relisais sans cesse ; dès lors l'idée m'obséda de savoir à quoi pouvait ressembler cet homme qui possédait et qui avait lu cette multitude de livres si beaux, qui connaissait toutes ces langues, qui était à la fois si riche et si savant. Une sorte de respect surnaturel s'unissait pour moi à l'idée de tant de livres. Je cherchais à me représenter ta physionomie. Je te voyais sous l'aspect d'un homme âgé, avec des lunettes et une longue barbe blanche, semblable à notre professeur de géographie, seulement bien plus aimable, bien plus beau et plus doux ; je ne sais pourquoi j'en étais alors déjà certaine, mais tu devais être beau, même quand je pensais à toi comme à un homme âgé. Cette nuit-là, et sans te connaître encore, j'ai rêvé de toi pour la première fois.

« Le lendemain, tu pris possession de l'appartement, mais j'eus beau te guetter, je ne pus pas t'apercevoir, ce qui ne fit qu'accroître ma curiosité. Enfin, le troisième jour, je te vis, et combien ma surprise fut profonde de constater que tu étais si différent de ce que j'avais cru, sans aucun rapport avec l'image de Dieu le Père que je m'étais puérilement figurée ! J'avais rêvé d'un bon vieillard à lunettes, et c'était toi, toi, tout comme tu es aujourd'hui encore, toi l'immuable, sur qui les années glissent sans l'atteindre ! Tu portais une seyante tenue de sport, brun clair, et de ton pas agile et juvénile, tu montais en courant l'escalier, en prenant les marches deux par deux. Tu avais ton chapeau à la main, et c'est ainsi qu'avec un étonnement indescriptible je découvris ton visage plein de vie et de clarté, ta chevelure d'adolescent : véritablement je tressaillis de surprise en voyant combien tu étais jeune, charmant, souple, svelte et élégant. Et ce n'est pas étonnant : dès cette première seconde, j'éprouvai très nettement ce que tout le monde éprouve à ton aspect, ce que l'on sent d'une manière unique et avec une sorte de surprise. Il y a en toi deux hommes : un jeune homme ardent, gai, tout entier au jeu et à l'aventure, et en même temps, dans ton art, une personnalité d'un sérieux implacable, fidèle au devoir, infiniment cultivée et raffinée. Je sentis d'instinct ce que chacun devina en te connaissant : que tu mènes une double vie, une vie dont une face claire est franchement tournée vers le monde, tandis que l'autre, plongée dans l'ombre, n'est connue que de toi seul. Cette profonde dualité, le secret de ton existence, l'enfant de treize ans que j'étais alors, magiquement fascinée par toi, l'a sentie au premier regard.

« Tu comprends, mon bien-aimé, quelle merveille, quelle séduisante énigme tu étais pour moi – pour moi, une enfant. Un être que l'on vénérait, parce qu'il écrivait des livres, parce qu'il était célèbre dans le grand monde – le découvrir tout à coup sous les traits d'un jeune homme de vingt-cinq ans, élégant et d'une gaieté de petit garçon ? Dois-je te dire qu'à partir de ce jour-là, dans notre maison, dans tout mon pauvre univers d'enfant, rien ne m'intéressa plus, si ce n'est toi, et que, avec tout l'entêtement et toute l'obsédante ténacité d'une fillette de treize ans, je n'eus plus qu'une seule préoccupation, être tournée vers ta vie, vers ton existence ! Je t'observais, j'observais tes habitudes, j'observais les gens qui venaient chez toi ; et tout cela, au lieu de diminuer la curiosité que tu m'inspirais, ne faisait que l'accroître, car la complète ambiguïté de ton être s'exprimait parfaitement dans la diversité de ces visites. Il venait de jeunes hommes, tes camarades, avec lesquels tu riais et tu étais exubérant, des étudiants à la mise modeste, et puis des dames qui arrivaient dans des automobiles... une fois même le directeur de l'Opéra – le grand chef d'orchestre que je n'avais aperçu que de loin, à son pupitre, et dont la vue m'emplissait de respect – et puis aussi de petites gamines qui suivaient encore des cours de secrétariat et qui se glissaient avec embarras à travers la porte : en somme, beaucoup de femmes. Cela ne signifiait pour moi rien de particulier, même lorsque, un matin, partant pour l'école, je vis sortir de chez toi une dame voilée : je n'avais que treize ans, et la curiosité passionnée avec laquelle je t'épiais et te guettais ne savait pas, en l'enfant que j'étais, être déjà de l'amour.

« Mais je connais aujourd'hui encore exactement, mon bien-aimé, le jour et l'heure où je m'attachai à toi entièrement et pour toujours. J'avais fait une promenade avec une camarade de classe, et nous étions en train de parler devant la porte. Une automobile arriva ; elle s'arrêta et, avec ton allure impatiente et comme élastique, qui me ravit aujourd'hui encore, tu sautas du marchepied et tu te dirigeas vers la porte. Je ne sais quelle puissance inconsciente me poussa à aller t'ouvrir ; je me retrouvai sur ton passage ; nous nous heurtâmes presque. Tu me regardas de ce regard chaud, doux et enveloppant qui était comme une caresse ; tu me souris d'un sourire que je ne puis qualifier autrement que de tendre, et tu me dis d'une voix douce et presque familière : "Merci beaucoup, mademoiselle."

« Il n'en fallut pas plus, mon bien-aimé. Mais, depuis cette seconde, depuis que j'eus senti sur moi ce regard doux et tendre, je fus tout entière à toi. Je me suis rendu compte plus tard – bien rapidement certes – que ce regard qui embrasse, ce regard qui attire comme un aimant, qui à la fois vous enveloppe et vous déshabille, ce regard du séducteur-né, tu le prodigues à toute femme qui passe près de toi, à toute vendeuse qui te sert dans un magasin, à toute servante qui t'ouvre la porte ; je me suis rendu compte que chez toi ce regard n'a rien de conscient, qu'il n'y a en lui ni volonté, ni inclination, mais que ta tendresse pour les femmes, inconsciemment, lui donne un air doux et chaud, lorsqu'il se tourne vers elles. Mais moi – enfant de treize ans –, je ne soupçonnais pas tout cela : je fus comme plongée dans un fleuve de feu. Je crus que cette tendresse ne s'adressait qu'à moi, à moi seule ; cette unique seconde suffit à éveiller la femme en l'adolescente que j'étais, et cette femme fut à toi pour toujours.

« "Qui est-ce ?" demanda mon amie. Je ne pus pas lui répondre tout de suite. Je fus incapable de dire ton nom. Dès cette première, cette unique seconde, il m'était devenu sacré, c'était mon secret.

« “Oh ! un monsieur qui habite ici dans la maison, balbutiai-je ensuite maladroitement. – Pourquoi donc es-tu devenue si rouge lorsqu'il t'a regardée ?” railla mon amie, avec toute la cruauté d'une enfant curieuse. Et, précisément parce que je sentais que sa moquerie s'adressait à mon secret, le sang me monta aux joues avec plus de chaleur. La gêne me rendit grossière : “Petite dinde !” m'écriai-je sauvagement : j'aurais voulu l'étrangler. Mais elle se mit à rire plus fort et d'une façon plus moqueuse ; je sentis les larmes me venir aux yeux de colère impuissante. Je la plantai là et montai chez moi en courant.

« C'est depuis cette seconde que je t'ai aimé. Je sais que les femmes t'ont souvent dit ce mot, à toi leur enfant chéri. Mais, crois-moi, personne ne t'a aimé aussi fort – comme une esclave, comme un chien –, avec autant de dévouement que cet être que j'étais alors et que pour toi je suis toujours restée. Rien sur la terre ne ressemble à l'amour secret d'une enfant retirée dans l'ombre ; cet amour est si désintéressé, si humble, si soumis, si attentif et si passionné que jamais il ne pourra être égalé par l'amour, fait de désir et, malgré tout, exigeant, d'une femme épanouie. Seuls les enfants solitaires peuvent garder pour eux toute leur passion : les autres dispersent leur sentiment dans des bavardages et l'émoussent dans des confidences ; ils ont beaucoup entendu parler de l'amour, ils l'ont retrouvé dans les livres, et ils savent que c'est une loi commune. Ils jouent avec lui comme avec un hochet ; ils en tirent vanité, comme un garçon de sa première cigarette. Mais moi, je n'avais personne à qui me confier, je n'avais personne pour m'instruire et m'avertir, j'étais inexpérimentée et ignorante : je me précipitai dans mon destin comme dans un abîme.

« Tout ce qui montait et s'épanouissait dans mon être ne connaissait que toi, ne savait que rêver de toi et te prendre pour confident. Mon père était mort depuis longtemps ; ma mère m'était étrangère, avec son éternelle tristesse, écrasée par ses soucis de veuve qui n'a pour vivre que sa pension ; les jeunes filles de l'école, à demi perverties déjà, me répugnaient parce qu'elles jouaient légèrement avec ce qui était pour moi la passion suprême. Aussi tout ce qui ailleurs se partage et se divise ne forma en moi qu'un bloc, et tout mon être, concentré en lui-même et toujours bouillonnant d'une ardeur inquiète, se tourna vers toi. Tu étais pour moi – comment dirai-je ? toute comparaison serait trop faible –, tu étais, précisément, tout pour moi, toute ma vie. Rien n'existait pour moi que dans la mesure où cela se rapportait à toi ; rien dans mon existence n'avait de sens si cela n'avait pas de lien avec toi. Tu métamorphosas ma vie tout entière. Jusqu'alors indifférente et médiocre à l'école, je devins tout d'un coup la première de la classe ; je lisais des centaines de livres et très tard dans la nuit, parce que je savais que tu aimais les livres ; je commençai brusquement, au grand étonnement de ma mère, à m'exercer au piano avec une persévérance presque inconcevable, parce que je croyais que tu aimais la musique. Je pris désormais grand soin de mes vêtements et j'eus souci de ma parure uniquement pour avoir un air plaisant et soigné à tes yeux ; et l'idée que ma vieille blouse de classe (c'était la transformation d'une robe d'intérieur de ma mère) avait du côté gauche un carré d'étoffe rapporté, cette idée m'était odieuse. Si, par hasard, tu voyais cette pièce, si tu me méprisais ! C'est pourquoi je tenais toujours ma serviette serrée contre moi pour la cacher, quand je montais les escaliers, en courant, tremblant que tu la remarques. Cette crainte était bien insensée, car jamais, presque jamais plus tu ne m'as regardée !

« Et cependant, à vrai dire, je passais mes journées à t'attendre et à te guetter. Notre porte était percée d'un œilleton, sorte de petite lunette de cuivre jaune par le trou rond de laquelle on pouvait voir ce qui se passait sur le palier, jusqu'à ta porte. Cette lunette – non, ne souris pas, mon bien-aimé ; aujourd'hui encore, je n'ai pas honte de ces heures-là ! –, cette lunette était pour moi l'œil avec lequel j'explorais l'univers ; là, pendant des mois et des années, dans le vestibule glacial, craignant à chaque instant les soupçons de ma mère, j'étais assise un livre à la main, passant des après-midi entiers à guetter, tendue comme une corde de violon et vibrante comme elle, quand ta présence la touchait. J'étais toujours occupée de toi, toujours en attente et en mouvement ; mais tu pouvais aussi peu t'en rendre compte que de la tension du ressort de la montre que tu portes dans ta poche et qui compte et mesure patiemment dans l'ombre tes heures, accompagnant tes pas d'un battement de cœur imperceptible, alors que ton hâtif regard l'effleure à peine une seule fois parmi des millions de tic-tac répétés sans cesse. Je savais tout de toi, je connaissais chacune de tes habitudes, chacune de tes cravates, chacun de tes costumes ; je connus et distinguai bientôt chacun de tes visiteurs et je les répartis en deux catégories : ceux qui m'étaient sympathiques et ceux qui m'étaient antipathiques ; de ma treizième à ma seizième année, il ne s'est pas écoulé une heure que je n'aie vécue en toi. Ah ! quelles folies n'ai-je pas commises alors ! Je baisais le bouton de la porte que ta main avait touché, je volais le reste du cigare que tu avais jeté avant d'entrer, et il était sacré pour moi parce que tes lèvres l'avaient effleuré. Cent fois je descendis dans la rue le soir, sous n'importe quel prétexte, pour voir dans quelle pièce de ton appartement il y avait de la lumière et ainsi sentir d'une manière plus concrète ta présence, ton invisible présence. Et, pendant les semaines où tu étais en voyage – mon cœur s'arrêtait toujours de battre, quand je voyais le brave Jean descendre ton sac jaune –, pendant ces semaines-là ma vie était morte, sans objet. J'allais et venais, maussade et indifférente, et il me fallait toujours veiller à ce que ma mère ne remarquât pas mon désespoir à mes yeux rougis par les larmes.

« Je sais que je te raconte là de grotesques exaltations et de puériles folies. Je devrais en avoir honte, mais non, je n'en ai pas honte, car jamais mon amour pour toi ne fut plus pur et plus passionné que dans ces excès enfantins. Pendant des heures, pendant des journées entières je pourrais te raconter comment j'ai vécu alors avec toi, avec toi qui connaissais à peine mon visage car, lorsque je te rencontrais dans l'escalier et qu'il n'y avait pas moyen de t'éviter, je passais devant toi en courant, tête baissée, comme quelqu'un qui va se jeter à l'eau, pour éviter le feu de ton regard... Pendant des heures, pendant des journées, je pourrais te raconter ces années depuis longtemps oubliées de toi ; je pourrais dérouler tout le calendrier de ta vie ; mais je ne veux pas t'ennuyer, je ne veux pas te tourmenter. Je veux simplement te révéler encore le plus bel événement de mon enfance, et je te prie de ne pas te moquer de son insignifiance, car pour moi, qui étais une enfant, ce fut un infini. Ce devait être un dimanche ; tu étais en voyage et ton domestique traînait les lourds tapis qu'il venait de battre, à travers la porte ouverte de ton appartement. Il peinait à la tâche, le bon vieux, et, dans un accès d'audace, j'allai à lui et lui demandai si je ne pourrais pas l'aider. Il fut surpris, mais il me laissa faire, et c'est ainsi que je vis – ah ! je voudrais te dire avec quelle respectueuse et pieuse dévotion ! – l'intérieur de ton appartement, ton univers, la table à laquelle tu t'asseyais pour écrire et sur laquelle il y avait quelques fleurs, dans un vase de cristal bleu, tes meubles, tes tableaux, tes livres. Ce ne fut qu'un fugitif et furtif regard jeté à la dérobée, car le fidèle Jean m'aurait certainement interdit de regarder de trop près ; mais ce regard me suffit pour absorber toute l'atmosphère, et il nourrit à l'infini les rêves que tu habitais dans mes veilles comme dans mon sommeil.

« Cette rapide minute fut la plus heureuse de mon enfance. J'ai voulu te la raconter afin que toi, qui ne me connais pas, tu commences enfin à comprendre comment une vie entière s'est attachée à toi jusqu'à se perdre.

« J'ai voulu te la raconter, tout comme cette autre heure, terrible, qui, malheureusement, fut si voisine de la première. J'avais – je te l'ai déjà dit – tout oublié pour toi ; je ne prêtais aucune attention à ma mère et je ne me souciais de personne. Je ne remarquais pas qu'un monsieur d'un certain âge, un commerçant d'Innsbruck, qui était, par alliance, parent éloigné de ma mère, venait souvent la voir et s'attardait volontiers ; au contraire, je ne faisais que m'en réjouir, car il emmenait souvent maman au théâtre, et ainsi je pouvais être seule, penser à toi et te guetter, ce qui était ma plus haute, mon unique béatitude. Or, un jour, ma mère m'appela dans sa chambre avec une certaine gravité, en me disant qu'elle avait à me parler sérieusement. Je blêmis et mon cœur se mit soudain à battre la chamade : se douterait-elle de quelque chose ? aurait-elle deviné ? Ma première pensée fut pour toi, toi, le secret par lequel j'étais reliée à l'univers. Mais ma mère elle-même était embarrassée ; elle m'embrassa – ce qu'elle ne faisait jamais – tendrement, une fois, deux fois ; elle m'attira près d'elle sur le sofa et commença à raconter, en hésitant et d'un air gêné, que son parent, qui était veuf, l'avait demandée en mariage et qu'elle était décidée, principalement à cause de moi, à accepter. Le sang reflua violemment vers mon cœur : une seule pensée s'éleva en moi, pensée toute tournée vers toi.

« “Mais, au moins, nous restons ici ? pus-je à peine balbutier.

« – Non, nous nous installerons à Innsbruck ; Ferdinand y a une belle villa.” Je n’en entendis pas davantage ; mes yeux s’obscurcirent. Ensuite j’appris que je m’étais évanouie ; j’entendis ma mère raconter tout bas à mon futur beau-père, qui avait attendu derrière la porte, que j’avais reculé soudain, en étendant les mains, pour m’abattre, comme une masse de plomb. Ce qui se passa les jours suivants et comment moi, faible enfant que j’étais, je me débattis contre leur volonté supérieure, je ne parviendrai pas à te le raconter : rien que d’y penser, ma main tremble encore en t’écrivant. Comme je ne pouvais pas révéler mon véritable secret, ma résistance parut n’être que de l’entêtement, de la méchanceté et du défi. Personne ne me dit plus rien ; tout se fit à mon insu. On profita des heures où j’étais à l’école pour préparer le déménagement : quand je rentrais à la maison, je remarquais jour après jour la disparition d’un nouvel objet, enlevé ou vendu. Je vis ainsi l’appartement s’en aller pièce par pièce, et ma vie en même temps ; enfin, un jour où je rentrais pour déjeuner, je constatai que les déménageurs étaient venus et qu'ils avaient tout emporté. Dans les pièces vides se trouvaient les malles prêtes à partir, ainsi que deux lits de camp pour ma mère et moi : nous devions dormir là encore une nuit, la dernière, et, le lendemain, partir pour Innsbruck.

« Au cours de cette dernière journée, je sentis, avec une résolution soudaine, que je ne pouvais pas vivre sans être près de toi. Je ne vis d'autre salut que toi. Je ne pourrai jamais dire comment cette idée me vint et si vraiment j'étais capable de penser avec netteté dans ces heures de désespoir ; mais brusquement – ma mère était sortie – je me levai et, telle que j'étais, en costume d'écolière, j'allai vers toi. Ou plutôt non, le mot “aller” n'est pas exact : c'est plutôt une force magnétique qui me poussa vers ta porte, les jambes raidies et les articulations tremblantes. Je viens de te le dire, je ne savais pas clairement ce que je voulais : me jeter à tes pieds et te prier de me garder comme servante, comme esclave ; et je crains bien que tu ne souries de ce fanatisme innocent d'une jeune fille de quinze ans ; mais, mon bien-aimé, tu ne sourirais plus si tu savais dans quel état je me trouvais alors, dehors dans le couloir glacial, raidie par la peur et cependant poussée en avant par une force extraordinaire, comment j'arrachai, pour ainsi dire, de mon corps mon bras tremblant, de telle sorte qu'il se leva et – ce fut une lutte qui dura pendant l'éternité de secondes atroces – mon doigt appuya sur le bouton de la sonnette. Encore aujourd'hui j'ai dans l'oreille ce bruit strident, et puis le silence qui suivit, tandis que mon cœur s'était arrêté, que mon sang s'était figé dans mes veines et que je guettais seulement si tu allais venir.

« Mais tu ne vins pas. Personne ne vint. Tu étais sans doute sorti cet après-midi-là, et Jean était allé faire quelque course ; je regagnais en titubant – avec, dans mes bourdonnantes oreilles, l'appel lugubre de la sonnette – notre appartement bouleversé et vide, et je me jetai, épuisée, sur une couverture de voyage, aussi fatiguée de ces quatre pas que si j'avais marché pendant des heures dans une épaisse neige. Mais sous cet épuisement brûlait encore la résolution toujours ardente de te voir et de te parler avant qu'on m'arrachât de ces lieux. Il n'y avait là, je te le jure, aucune intention charnelle ; j'étais ignorante, précisément parce que je ne pensais à rien d'autre qu'à toi : je voulais seulement te voir, te voir une fois encore, me cramponner à toi. Toute la nuit, toute cette longue et effroyable nuit, mon bien-aimé, je t'ai attendu. À peine ma mère fut-elle au lit et endormie que je me glissai dans le vestibule pour t'entendre rentrer. Toute la nuit, j'ai attendu, et c'était une nuit glacée de janvier. J'étais fatiguée, mes membres me faisaient mal, il n'y avait plus de siège pour m'asseoir : alors je m'étendis sur le parquet froid où passait le courant d'air de la porte. Je restai ainsi étendue, glacée et le corps meurtri, n'ayant sur moi que mon mince vêtement, car je n'avais pas pris de couverture, je ne voulais pas avoir chaud par crainte de m'endormir et de ne pas entendre ton pas. Quelle douleur j'éprouvais ! Je pressais convulsivement mes pieds l'un contre l'autre, mes bras tremblaient, et j'étais sans cesse obligée de me lever, tellement il faisait froid dans cette atroce obscurité. Mais je t'attendais, je t'attendais, je t'attendais comme mon destin...

« Enfin – il était déjà, sans doute, deux ou trois heures du matin – j'entendis en bas la porte de la rue s'ouvrir et puis des pas qui montaient l'escalier. Le froid m'avait brusquement quittée, une vive chaleur s'empara de moi, et j'ouvris doucement la porte pour me précipiter vers toi et me jeter à tes pieds... Ah ! je ne sais vraiment pas ce que, folle enfant, j'aurais fait alors. Les pas se rapprochèrent, la lueur d'une bougie vacilla dans l'escalier. Je tenais en tremblant la poignée de la porte : était-ce bien toi qui venais ainsi ?

« Oui, c'était toi, mon bien-aimé, mais tu n'étais pas seul. J'entendis un rire léger et joyeux, le froufrou d'une robe de soie et ta voix qui parlait bas. Tu rentrais chez toi avec une femme…

« Comment j'ai pu survivre à cette nuit, je l'ignore. Le lendemain matin, à huit heures, on m'emmena à Innsbruck ; je n'avais plus la force de résister. »

*

« Mon enfant est mort la nuit dernière – désormais je serai seule de nouveau, s'il me faut vraiment continuer à vivre. Demain viendront des hommes inconnus, grossiers, vêtus de noir, et ils apporteront un cercueil, ils y coucheront mon pauvre, mon unique enfant… Peut-être viendront aussi des amis qui apporteront des couronnes, mais à quoi bon des fleurs sur un cercueil ? Ils me consoleront, ils me diront des paroles, des paroles, mais de quels secours me seront-elles ? Je le sais, me voilà redevenue seule. Et il n'y a rien de plus épouvantable qu'être seule parmi les hommes. Je m'en suis rendu compte alors, pendant ces deux années interminables que j'ai passés à Innsbruck, ce temps compris entre ma seizième et ma dix-huitième année, où j'ai vécu comme une captive, une réprouvée au sein de ma famille. Mon beau-père, homme très calme et parlant peu, était bon pour moi ; comme pour réparer une injustice involontaire, ma mère se montrait docile à tous mes désirs ; des jeunes gens s'empressaient autour de moi, mais je les repoussais tous avec une obstination passionnée. Je ne voulais pas vivre heureuse et contente loin de toi, et je me plongeais dans un sombre univers fait de solitude et de tourments que je m'imposais moi-même. Les jolies robes neuves qu'on m'achetait, je ne les portais pas ; je refusais d'aller au concert et au théâtre ou de prendre part à des excursions en joyeuse société. À peine sortais-je de la maison – croirais-tu, mon bien-aimé, que dans cette petite ville, où j'ai vécu deux années, je ne connais pas dix rues ? J'étais en deuil et je voulais être en deuil ; je m'enivrais de chaque privation que j'ajoutais à la privation de ta vue. Et surtout, je ne voulais pas me laisser distraire de ma passion ; je ne voulais que vivre en toi. Je restais assise chez moi ; pendant des heures, pendant des journées, je ne faisais rien que penser à toi, penser à toi sans cesse, me remémorant toujours les cent petits souvenirs que j'avais de toi, chaque rencontre et chaque attente – et toujours me représentant ces petits épisodes, comme au théâtre. Et c'est parce que j'ai ainsi évoqué d'innombrables fois chacune des secondes de mon passé que toute mon enfance est restée si brûlante dans ma mémoire, qu'aujourd'hui encore chaque minute de ces années-là revit en moi avec autant de chaleur et d'émotion que si c'était hier qu'elle avait fait tressaillir mon sang.

« C'est en toi seul que j'ai vécu alors. J'achetais tous tes livres ; quand ton nom était dans le journal, c'était pour moi jour de fête. Je sais par cœur chaque ligne de tes livres, tant je les ai lus et relus, le croiras-tu ? Si, pendant la nuit, on m'éveillait de mon sommeil, si l'on prononçait devant moi une ligne détachée de tes livres, je pourrais aujourd'hui encore, au bout de treize ans, la compléter, comme en un rêve ; car chaque mot de toi m'était un évangile et une prière. Le monde entier n'existait pour moi que par rapport à toi : je ne suivais dans les journaux de Vienne les concerts et les premières que pour me demander lesquels d'entre eux pourraient t'intéresser, et, quand le soir arrivait, je t'accompagnais de loin, en me disant : maintenant il entre dans la salle, maintenant il s'assied. Mille fois j'ai rêvé cela, parce que je t'avais vu une fois, une seule fois, dans un concert.

« Mais pourquoi te raconter tout cela, ce fanatisme furieux se déchaînant contre moi-même, ce fanatisme si tragiquement désespéré d'une enfant abandonnée ? Pourquoi le raconter à quelqu'un qui ne s'en est jamais douté, qui ne l'a jamais su ? Pourtant, étais-je encore une enfant ? J'atteignis dix-sept ans, dix-huit ans ; les jeunes gens commencèrent à se retourner sur moi dans la rue ; mais ils ne faisaient que m'irriter. Car l'amour ou même un simple jeu d'amour, purement imaginaire, avec quelqu'un d'autre que toi, l'idée m'en était si inconcevable, si étrangère, que je ne pouvais pas l'envisager ; la tentation à elle seule m'aurait paru un crime. Ma passion pour toi resta la même ; elle se transformait juste avec mon corps ; à mesure que mes sens s'éveillaient, elle devenait plus ardente, plus concrète, plus féminine. Et l'action dont l'enfant, dans sa volonté ignorante et confuse, l'enfant qui tira jadis la sonnette de ta porte, ne pouvait pas avoir conscience, était maintenant mon unique pensée : me donner à toi, m'abandonner à toi.

« Les gens autour de moi pensaient que j'étais craintive et me tenaient pour timide (je n'avais pas desserré les dents sur mon secret). Mais en moi se formait une volonté de fer. Toute ma pensée et tous mes efforts étaient tendus vers un seul but : revenir à Vienne, revenir près de toi. Et je réussis à imposer ma volonté, si insensée, si incompréhensible pût-elle paraître aux autres. Mon beau-père était riche, il me considérait comme son propre enfant. Mais, avec un farouche entêtement, je persistai à vouloir gagner ma vie moi-même ; et je parvins enfin à revenir à Vienne, chez un parent, comme employée d'une grande maison de confection.

« Est-il besoin de te dire où me conduisirent d'abord mes pas, lorsque par un soir brumeux d'automne – enfin ! enfin ! – j'arrivai à Vienne ? Je laissai ma malle à la gare, je me précipitai dans un tramway – avec quelle lenteur il me semblait rouler ! chaque arrêt m'exaspérait – et je courus devant ta maison. Tes fenêtres étaient éclairées, mon cœur battait violemment. C'est alors seulement que je retrouvai de la vie dans cette ville, dont jusqu'à ce moment tout le vacarme avait été pour moi si étranger, si vide de sens ; c'est alors seulement que je me repris à vivre, en me sentant près de toi... mon rêve éternel. Je ne me doutais pas que je n'étais pas plus loin de ta pensée, quand il y avait entre nous vallées, montagnes et rivières, qu'à cette heure où il n'y avait entre toi et mon regard brillant que la mince vitre éclairée de ta fenêtre. Je regardais là-haut, toujours là-haut :

là il y avait de la lumière, là était la maison, là tu étais, toi mon univers. Pendant deux ans j'avais rêvé de cette heure ; maintenant il m'était donné de la vivre. Et toute la soirée, une soirée couverte d'automne, une longue et douce soirée, je restai devant tes fenêtres, jusqu'à ce que la lumière s'éteignît. Ce n'est qu'ensuite que je gagnais le foyer qui devait m'abriter.

« Chaque soir, je revins devant ta maison. Jusqu'à six heures, je travaillais au magasin ; c'était un travail dur et fatigant, mais je l'aimais, car cette agitation m'empêchait de ressentir la mienne avec autant de douleur. Et, dès que le rideau de fer était baissé derrière moi, je courais tout droit à mon cher rendez-vous. Te voir une seule fois, te rencontrer une seule fois, c'était mon unique désir ; pouvoir de nouveau embrasser de loin ton visage de mon regard. Au bout d'une semaine environ, je te rencontrai enfin, au moment où je m'y attendais le moins : alors que j'observais tes fenêtres là-haut, tu traversas la rue. Et soudain je redevins l'enfant de treize ans que j'avais été ; je sentis le sang affluer à mes joues ; involontairement, malgré mon plus intime désir de voir tes yeux, je baissai la tête et je passai devant toi en courant, comme une bête traquée.

« Ensuite, j'eus honte de cette fuite effarouchée d'écolière, car à présent ma volonté était bien claire : je voulais te rencontrer, je te cherchais, je voulais être connue de toi après tant d'années où mon attente était restée plongée dans l'ombre ; je voulais que tu m'accordes ton attention, je voulais être aimée de toi.

« Pendant longtemps, tu ne me remarquas pas, bien que, chaque soir, même par la neige tourbillonnante et sous le vent brutal et incisif de Vienne, je fisse le guet dans la rue. Souvent j'attendis en vain pendant des heures ; souvent tu rentrais enfin chez toi accompagné par des visiteurs ; deux fois, je te vis aussi avec des femmes et, dès lors, je compris que j'avais grandi ; je sentis le caractère nouveau et différent de mon sentiment pour toi au brusque tressaillement de mon cœur, qui me déchira l'âme, lorsque je vis une femme inconnue rentrer dans la maison à ton bras, pleine d'assurance. Je n'étais pas surprise, puisque je connaissais déjà, depuis mes jours d'enfance, tes éternelles visiteuses ; mais maintenant cela me provoquait, tout à coup, comme une douleur physique, et quelque chose se tendait en moi, fait à la fois d'hostilité et d'envie, en présence de cette intimité charnelle manifeste avec une autre. Puérilement fière comme j'étais, et comme je le suis peut-être toujours, je restais un jour entier éloignée, mais qu'elle fut atroce pour moi, cette soirée d'orgueil et de révolte passée sans voir ta maison ! Le lendemain soir, je revenais humblement à mon poste ; je t'attendais, je t'attendais toujours, comme, pendant toute ma destinée, j'ai attendu devant ta vie qui m'était fermée.

« Et enfin, un soir, tu me remarquas. Je t'avais vu venir de loin, et je concentrai toute ma volonté pour ne pas m'écarter de ton chemin. Le hasard voulut qu'une voiture qu'on déchargeait obstruât la rue et tu fus obligé de passer tout près de moi. Ton regard distrait se posa involontairement sur moi, pour aussitôt, rencontrant l'attention du mien – ah ! comme le souvenir me fit alors tressaillir ! –, devenir ce regard que tu as pour les femmes, ce regard tendre, caressant et en même temps pénétrant jusqu'à la chair, ce regard large et déjà conquérant qui, pour la première fois, fit de l'enfant que j'étais une femme et une amoureuse. Pendant une ou deux secondes, ce regard fascina le mien, qui ne pouvait ni ne voulait s'arracher à lui – puis tu passas Mon cœur battait – malgré moi, je fus obligée de ralentir le pas et, comme je me retournais avec une irrésistible curiosité, je vis que tu t'étais arrêté et que tu me suivais du regard. À la manière dont tu m'observais, avec une curiosité intéressée, je compris aussitôt que tu ne m'avais pas reconnue.

« Tu ne me reconnus pas, ni alors, ni jamais : jamais tu ne m'as reconnue. Comment, ô mon bien-aimé, te décrire la désillusion que j'éprouvai en cette seconde ? Je subissais alors pour la première fois cette fatale douleur de ne pas être reconnue par toi, cette fatale douleur qui m'a suivie toute ma vie et avec laquelle je meurs : rester inconnue, rester toujours inconnue de toi. Comment pourrais-je te la décrire, cette désillusion ? Car, vois-tu, pendant ces deux années à Innsbruck, où je pensais constamment à toi et où je ne faisais que songer à ce que serait notre première rencontre lorsque je serais retournée à Vienne, j'avais imaginé, suivant mon humeur, les scénarios les plus tourmentés comme les plus heureux. J'avais, si je peux parler ainsi, songé d'avance à toutes les éventualités ; je m'étais imaginé, dans les moments les plus sombres, que tu me repousserais, que tu me dédaignerais, parce que j'étais trop insignifiante, trop laide, trop importune. Toutes les formes possibles de ta défaveur, de ta froideur, de ton indifférence, je me les étais toutes représentées, dans des visions passionnées ; mais, dans mes heures les plus noires, dans la conscience la plus profonde de mon insignifiance, je n'avais pas même osé envisager cette éventualité, la plus épouvantable de toutes ; que tu n'avais même pas porté la moindre attention à mon existence. Aujourd'hui, je le comprends – ah ! tu m'as appris à comprendre bien des choses ! –, le visage d'une jeune fille, d'une femme, est forcément pour un homme un objet extrêmement variable ; le plus souvent, il n'est qu'un miroir, où se reflète tantôt une passion, tantôt un enfantillage, tantôt une lassitude, et il s'efface si vite, comme une image dans une glace, qu'un homme peut sans difficulté oublier le visage d'une femme, d'autant mieux que l'âge y fait alterner l'ombre et la lumière et que des costumes nouveaux l'encadrent différemment. Les résignées, voilà celles qui ont la véritable science de la vie. Mais moi, la jeune fille que j'étais alors, je ne pouvais pas comprendre que tu m'eusses oubliée ; je ne sais comment, à force de m'occuper de toi, si démesurément et incessamment, une idée chimérique s'était formée en moi ; il me semblait que, cela allait de soi, toi aussi, tu pensais souvent à moi et m'attendais ; comment aurais-je pu respirer encore si j'avais eu la certitude que je n'étais rien pour toi, que jamais aucun souvenir de moi ne venait effleurer ton esprit ? Ce douloureux réveil devant ton regard, qui me montrait que rien en toi ne me connaissait plus, que le fil d'aucun souvenir ne joignait ta vie à la mienne, ce fut pour moi une première chute dans la réalité, un premier pressentiment de mon destin.

« Donc tu ne me reconnus pas, et lorsque, deux jours plus tard, lors d'une nouvelle rencontre, ton regard m'enveloppa avec une certaine familiarité, tu ne me reconnus pas davantage comme celle qui t'avait aimé et que tu avais éveillée à la vie du cœur, mais simplement comme la jolie jeune fille de dix-huit ans qui, deux jours auparavant, au même endroit, avait croisé ton chemin. Tu me regardas avec une aimable surprise ; un léger sourire se joua autour de ta bouche. De nouveau, tu passas près de moi et ralentis aussitôt ta marche. Je me mis à trembler, je frémissais d'une joie muette... Tu allais m'adresser la parole ! Je sentis que, pour la première fois, j'existais pour toi ; moi aussi, je ralentis le pas et je ne cherchais pas à t'échapper. Et soudain, sans me retourner, je sentis que tu étais derrière moi ; je compris que maintenant, pour la première fois, j'allais entendre ta chère voix me parler. L'attente était en moi comme une paralysie, et je craignais d'être obligée de m'arrêter, tellement mon cœur battait fort. Tu étais parvenu à mon côté. Tu me parlas avec ta manière doucement enjouée, comme si nous étions depuis longtemps amis. Ah ! tu n'avais pas la moindre idée de qui je pouvais être ! Jamais tu n'as rien su de ma vie ! Tu me parlas avec une aisance si merveilleuse que je pus même te répondre. Nous marchâmes ensemble tout le long de la rue. Puis tu me demandas si je ne voulais pas dîner avec toi ; j'acceptai. Qu'aurais-je osé te refuser ?

« Nous dînâmes ensemble dans un petit restaurant. Sais-tu où ? Certainement non ; pourquoi distinguerais-tu cette soirée de tant d'autres semblables ? Une femme entre cent, une aventure dans une chaîne d'aventures déroulant éternellement ses anneaux. Et puis quel souvenir aurais-tu pu garder de moi ? Je parlais très peu, parce que c'était pour moi un infini bonheur de t'avoir près de moi et de t'entendre me parler. Je ne voulais pas gaspiller un seul instant de ta conversation par une question ou par une sotte parole. Jamais ma gratitude n'oubliera cette heure ni la manière dont tu répondis à ce qu'attendait de toi ma vénération passionnée ! Tu fus tendre, doux et plein de tact, sans jamais te montrer importun, évitant ces caressantes tendresses que d'autres se permettent trop vite ; du premier moment, ton attitude fut si amicale et si sûre ! Elle semblait mériter tant de confiance que tu m'aurais conquise tout entière, si je n'avais pas déjà été tienne de toute ma volonté et de tout mon être. Ah ! tu ne sais pas quel acte admirable tu accomplis, ce soir-là, en ne décevant pas cinq années d'attente juvénile !

« Il était tard, nous partîmes. À la porte du restaurant tu voulus savoir si j'étais pressée ou si j'avais le temps. Comment aurais-je pu te cacher que j'étais à ta disposition ? Je te répondis que j'avais le temps. Puis tu me demandas, en surmontant vivement une légère hésitation, si je ne voulais pas venir un moment chez toi pour bavarder. "Avec plaisir", fis-je de tout mon cœur, trouvant cela tout naturel. Je vis aussitôt que la rapidité de mon acceptation t'avait frappé, qu'elle te peinait ou te réjouissait mais, en tout cas, tu étais visiblement surpris. Aujourd'hui, je comprends ton étonnement ; je sais qu'il est d'usage chez les femmes, même quand elles éprouvent le brûlant désir de s'abandonner, de désavouer leur inclination, de simuler un effroi, une indignation, qui demandent tout d'abord à être apaisés par de pressantes prières, des mensonges, des promesses, des serments. Je sais que seules, peut-être, les professionnelles de l'amour, les prostituées, répondent à de telles invitations par un consentement aussi joyeux et complet – ou encore de toutes jeunes, de toutes naïves adolescentes. Mais en moi – comment pouvais-tu t'en douter ? – ce n'était que la volonté s'avouant à elle-même, le désir ardent et contenu pendant des milliers de jours qui, brusquement, se manifestait. Quoiqu'il en soit tu étais étonné, je commençais à t'intéresser. Je sentais qu'en marchant, pendant notre conversation, tu m'examinais de côté, comme si je te surprenais. Ton sentiment, ce sentiment si magiquement sûr en fait de psychologie humaine, flairait une chose extraordinaire, devinait un mystère en cette gentille et complaisante jeune fille. J'avais éveillé ta curiosité, et je remarquai, par la forme enveloppante et subtile de tes questions, que tu voulais saisir ce mystère. Mais je me tenais sur mes gardes. J'aimais mieux passer pour folle que te dévoiler mon secret.

« Nous montâmes chez toi. Excuse-moi, mon bien-aimé, si je te dis que tu ne peux pas comprendre ce que fut pour moi cette montée, cet escalier, quel enivrement, quel trouble j'éprouvais, à quel bonheur fou, torturant, mortel presque, j'étais en proie. Maintenant encore à peine puis-je y penser sans larmes, et pourtant je n'en ai plus. Mais imagine-toi que chaque objet était pour ainsi dire imprégné de ma passion, représentait un symbole de mon enfance, de mon désir : la porte devant laquelle je t'ai attendu mille fois, l'escalier où j'ai toujours épié et deviné ton pas et où je t'ai vu pour la première fois, la petite lunette par laquelle j'ai guetté de toute mon âme, le tapis, devant la porte, sur lequel, un jour, je me suis agenouillée, le grincement de la clé qui toujours m'a fait quitter en sursaut mon poste d'écoute. Toute mon enfance, toute ma passion avaient ici leur nid, dans ces quelques mètres d'espace ; là se trouvait toute ma vie. Et voici qu'une sorte de tempête s'abattait sur moi, maintenant que tout, tout s'accomplissait et qu'avec toi – moi avec toi ! – j'entrais dans ta maison, dans notre maison. Pense que jusqu'à ta porte – mes mots, certes, ont un air banal, mais je ne peux pas le dire autrement – tout, durant mon existence, n'avait été que triste réalité ; je n'avais vu devant moi qu'un monde terne et quotidien, et voilà que s'ouvrait le pays enchanté dont rêve l'enfant, le royaume d'Aladin. Pense que, mille fois, mes yeux avaient fixé ardemment cette porte, que je franchissais à présent d'un pas chancelant, et tu sentiras – tu sentiras seulement, car jamais, mon bien-aimé, tu ne le sauras tout à fait ! – combien d'heures de ma vie se concentraient en cette vertigineuse minute.

« Je passai chez toi toute la nuit. Tu ne t'es pas douté qu'avant toi jamais un homme ne m'avait touchée, n'avait effleuré ou vu mon corps. Comment aurais-tu pu le supposer, mon bien-aimé, puisque je ne t'offrais aucune résistance, que je réprimais toute hésitation de pudeur, pour que tu ne pusses deviner le secret de mon amour, qui t'aurait sans doute effrayé – car l'amour, pour toi, ne peut être que quelque chose de léger, revêtant la forme d'un jeu et dénué d'importance ; tu redoutes de t'immiscer dans une destinée. Tu veux t'abandonner sans mesure à toutes les joies du monde, mais tu ne veux pas de sacrifice. Mon bien-aimé, si je te dis que j'étais vierge quand je me suis donnée à toi, je t'en supplie, ne te méprends pas sur le sens de mes paroles ! Je ne t'accuse pas : tu ne m'as pas attirée, ni trompée, ni séduite ; c'est moi, moi-même qui suis allée vers toi, poussée par mon propre désir, me suis jetée à ton cou, me suis précipitée dans ma destinée. Jamais, jamais je ne t'accuserai, non ; au contraire, toujours je te remercierai, car combien riche et éclatante de volupté fut-elle pour moi, cette nuit, débordante de bonheur ! Quand j'ouvrais les yeux dans l'obscurité et que je te sentais à mon côté, je m'étonnais que les étoiles ne fussent pas au-dessus de ma tête, tellement le ciel me semblait proche. Non, mon bien-aimé, je n'ai jamais rien regretté, jamais, en souvenir de cette heure-là. Je me le rappelle, lorsque tu dormais, que j'entendais le souffle de ta respiration, que je touchais ton corps et que je me sentais si près de toi : dans l'ombre, j'ai pleuré de béatitude.

« Le matin, je partis, en hâte, de très bonne heure. Je devais me rendre au magasin, et je voulais aussi m'en aller avant qu'arrivât le domestique : il ne fallait pas qu'il me vît. Lorsque je fus vêtue, que je fus là, debout devant toi, tu me pris dans tes bras et tu me regardas longuement. Était-ce un souvenir lointain et obscur qui s'agitait en toi, ou bien seulement te semblais-je jolie et heureuse, comme je l'étais en effet ? Tu me donnas un baiser sur la bouche. Je me dégageai doucement pour m'en aller. Alors tu me demandas : "Ne veux-tu pas emporter quelques fleurs ?" Je répondis que si. Tu pris quatre roses blanches dans le vase de cristal bleu, sur la table de travail (ah ! ce vase, je le connaissais bien, depuis l'unique et furtif regard que j'avais glissé dans ton appartement, lorsque j'étais enfant) et tu me les donnas. Pendant des journées entières, je les ai portées à mes lèvres.

« Avant de nous quitter, nous avions fixé un rendez-vous pour un autre soir. J'y vins, et de nouveau ce fut merveilleux. Tu me donnas encore une troisième nuit. Puis tu me dis que tu étais obligé de partir en voyage – oh ! ces voyages, comme je les détestais, depuis mon enfance ! – et tu me promis, aussitôt que tu serais revenu, de m'en aviser. Je te donnai mon adresse, poste restante, car je ne voulais pas te dire mon nom. Je gardais mon secret. De nouveau, tu me donnas quelques roses au moment de l'adieu – des roses en guise d'adieu !

« Chaque jour, pendant deux mois, j'allai voir poste restante… mais non, pourquoi te décrire ces tourments infernaux de l'attente, du désespoir ? Je ne t'accuse pas ; je t'aime comme tu es : ardent et oublieux, dévoué et infidèle ; je t'aime ainsi, rien qu'ainsi, comme tu as toujours été et comme tu es encore. Tu étais revenu depuis longtemps ; tes fenêtres éclairées me l'apprirent, et tu ne m'as pas écrit. Je n'ai pas une ligne de toi, maintenant, à ma dernière heure, pas une ligne de toi, toi à qui j'ai donné ma vie. J'ai attendu, attendu comme une désespérée. Mais tu ne m'as pas appelée, tu ne m'as pas écrit une ligne… pas une seule ligne… »

*

« Mon enfant est mort hier – c'était aussi ton enfant. C'était aussi ton enfant, ô mon bien-aimé, l'enfant d'une de ces trois nuits, je te le jure, et l'on ne ment pas dans l'ombre de la mort. C'était notre enfant, je te le jure, car aucun homme ne m'a touchée depuis le moment où je me suis donnée à toi jusqu'à cet autre où mon corps s'est tordu dans les souffrances de l'enfantement. Ton contact avait rendu mon corps sacré, à mes yeux : comment aurais-je pu me partager entre toi qui avais été tout pour moi, et d'autres qui pouvaient à peine frôler ma vie ? C'était notre enfant, mon bien-aimé, l'enfant de mon amour lucide et de ta tendresse insouciante, prodigue, inconsciente presque, notre enfant, notre fils, notre enfant unique. Mais tu veux savoir maintenant – peut-être effrayé, peut-être seulement étonné – , maintenant tu veux savoir, ô mon bien-aimé, pourquoi, pendant toutes ces longues années, je t'ai caché l'existence de cet enfant et pourquoi je te parle de lui seulement à présent qu'il est là, étendu, dormant dans les ténèbres, dormant à jamais, déjà prêt à partir et à ne revenir plus jamais, plus jamais, sans retour, sans retour ! Comment aurais-je pu te dire cela ? Jamais tu ne m'aurais crue, moi l'étrangère, trop facilement disposée à t'accorder ces trois nuits, moi qui m'étais donnée sans hésitation, avec ardeur, même ; jamais tu n'aurais cru que cette femme anonyme rencontrée fugitivement t'avait gardé sa fidélité, à toi l'infidèle – jamais tu n'aurais reconnu sans méfiance cet enfant comme étant le tien ! Jamais tu n'aurais pu, même si mes dires t'avaient paru vraisemblables, écarter le soupçon que j'essayais de t'attribuer, à toi qui étais riche, la paternité d'un enfant qui t'était étranger. Tu m'aurais suspectée, il en serait resté une ombre entre toi et moi, l'ombre fugace et farouche de la méfiance. Je ne le voulais pas. Et puis, je te connais ; je te connais mieux que tu ne te connais toi-même : je sais qu'il t'eût été pénible, toi qui, en amour, aimes l'insouciance, la légèreté, le jeu, d'être soudain père, d'avoir soudain la responsabilité d'une destinée. Toi qui ne peux respirer qu'en liberté, tu te serais senti lié à moi d'une certaine façon. Tu m'aurais haïe – oui, je le sais, tu l'aurais fait contre ta propre volonté, obscurément – à cause de cet assujettissement. Tu m'aurais trouvée pesante, tu m'aurais détestée, peut-être seulement quelques heures, peut-être seulement l'espace de quelques minutes – mais, dans mon orgueil, je voulais que tu penses à moi toute ta vie sans le moindre nuage. Je préférais prendre tout sur moi que devenir une charge pour toi, être la seule, parmi toutes tes femmes, à qui tu penserais avec amour, avec gratitude. Mais, à la vérité, tu n'as jamais pensé à moi, tu m'as oubliée !

« Je ne t'accuse pas, mon bien-aimé, non, je ne t'accuse pas. Pardonne-moi si, parfois, une goutte d'amertume coule de ma plume, pardonne-moi – mais mon enfant, notre enfant, n'est-il pas là, couché sous la flamme vacillante des cierges ? J'ai tendu mon poing serré vers Dieu et je l'ai appelé criminel ; la confusion et le trouble règnent dans mes sens. Pardonne-moi cette plainte, pardonne-la-moi. Je sais bien qu'au plus profond de ton cœur tu es bon et secourable, que tu accordes ton assistance à qui la sollicite, que tu l'accordes même à celui qui t'est le plus étranger. Mais ta bonté est si bizarre ! C'est une bonté ouverte à chacun, chacun peut y puiser et y remplir ses mains ; elle est grande, infiniment grande, ta bonté, mais, excuse-moi, elle est indolente. Elle veut qu'on l'assiège, qu'on lui fasse violence. Ton aide, tu la donnes quand on te fait appel, quand on t'implore ; ton appui, tu l'accordes par pudeur, par faiblesse, et non par plaisir. Permets que je te dise franchement : ton amour ne va pas, de préférence, à l'homme qui est dans le besoin et la peine plutôt qu'à ton frère, qui est dans le bonheur. Et les hommes comme toi, même les meilleurs d'entre eux, on a du mal à leur adresser une requête. Un jour, j'étais enfant, je vis par la lunette de la porte comment tu t'y pris pour faire l'aumône à un mendiant qui avait sonné chez toi. Tu lui donnas furtivement, et beaucoup, avant même qu'il t'eût imploré, mais tu lui tendis ton aumône avec une certaine inquiétude, avec une certaine hâte qui disait ton désir de le voir s'en aller au plus vite. On eût dit que tu avais peur de le regarder dans les yeux. Cette façon fuyante de donner, cette appréhension, cette crainte d'être remercié, je ne l'ai jamais oubliée. C'est pourquoi je ne me suis jamais adressée à toi. Sans doute, je le sais, tu m'aurais secourue, sans même avoir l'assurance que c'était bien ton enfant ; tu m'aurais consolée, donné de l'argent, de l'argent en abondance, mais toujours avec le désir impatient et secret d'écarter de toi les choses désagréables. Je crois même que tu m'aurais engagée à supprimer l'enfant avant terme. Et cela, je le redoutais par-dessus tout, car que n'aurais-je pas fait, du moment que tu me le demandais, comment m'eût-il été possible de te refuser quelque chose ! Or cet enfant, il était tout pour moi : il venait de toi ; c'était encore toi, non plus l'être heureux et insouciant que tu étais et que je pouvais retenir, mais toi, pour toujours, pensais-je, m'appartenant, emprisonné dans mon corps, lié à ma vie. Je te tenais, enfin, je pouvais en mes veines te sentir vivre et grandir, il m'était donné de te nourrir, de t'allaiter, de te couvrir de caresses et de baisers, quand mon âme en brûlait de désir. Vois-tu, mon bien-aimé, c'est pourquoi j'ai été si heureuse quand j'ai su que je portais en mon sein un enfant de toi ; et c'est pourquoi je me gardai de te le dire, car dès lors tu ne pouvais plus m'échapper.

« Il est vrai, mon bien-aimé, qu'il n'y eut pas que des mois de bonheur, comme ma pensée s'en était réjouie d'avance. Il y eut aussi des mois pleins d'horreur et de tourments, pleins de dégoût devant la bassesse des hommes. Ma situation n'était pas facile. Pendant les derniers mois de ma grossesse, je ne pouvais plus aller à mon travail de peur d'éveiller l'attention de mes patrons et de les voir me dénoncer à mes parents. Je ne voulais pas demander d'argent à ma mère ; je vécus donc, jusqu'à mon accouchement, de la vente de quelques bijoux que je possédais. Une semaine avant la délivrance, une blanchisseuse me vola dans une armoire le peu d'argent qui me restait, de sorte que je dus aller à la maternité. C'est là, en ce lieu où seules se réfugient en leur détresse les femmes les plus pauvres, les réprouvées, les oubliées, là, au milieu de la plus rebutante misère, c'est là que l'enfant, ton enfant, est venu au monde.

« C'est à mourir, cet hôpital ; tout vous y est étranger, étranger, étranger ; nous nous regardions comme des étrangères, nous qui gisions là, solitaires, et mutuellement pleines de haine, jetées par la misère et les tourments dans cette salle à l'atmosphère viciée, emplie de chloroforme et de sang, de cris et de gémissements. Tout ce que la pauvreté est contrainte de subir d'humiliations, d'outrages moraux et physiques, je l'ai souffert, dans cette promiscuité avec des prostituées et des malades qui faisaient de la communauté de notre sort une commune infamie. Je l'ai souffert sous le cynisme de ces jeunes médecins, qui, avec un sourire d'ironie, relevaient le drap de lit et palpaient le corps de la femme sans défense, sous un faux prétexte de souci scientifique. Je l'ai souffert en présence de la cupidité des infirmières. Oh ! dans cette salle, la pudeur humaine ne rencontre que des regards qui la crucifient et des paroles qui la flagellent. Votre nom, sur une pancarte, c'est tout ce qui reste de vous, car ce qui gît dans le lit n'est qu'un paquet de chair pantelante, que tâtent les curieux et qui n'est plus qu'un objet d'exhibition et d'étude. Oh ! elles ne savent pas, les femmes qui donnent des enfants à leur mari, dans leur propre maison, parmi ses tendres soins, ce que c'est que mettre au monde un enfant lorsqu'on se trouve seule, sans protection et comme sur une table d'expérimentation médicale. Aujourd'hui encore, quand je rencontre dans un livre le mot "enfer", je pense immédiatement, malgré moi, à cette salle dans laquelle, parmi les mauvaises odeurs, les gémissements, les rires et les cris sanglants de femmes entassées, j'ai tant souffert – à cette salle qui, pour notre pudeur, est véritablement un abattoir.

« Pardonne-moi, pardonne-moi de te parler de cela ! Mais c'est la seule fois que je le fais, je ne t'en parlerai jamais plus, jamais plus. Pendant onze ans je n'en ai dit mot et bientôt je serai muette pour l'éternité. Je devais le crier une fois, au moins une fois, ce que m'avait coûté cet enfant, qui était ma félicité et qui, à présent, est là, inanimé. Je les avais déjà oubliées, ces heures-là, depuis longtemps oubliées, dans le sourire, dans la voix de l'enfant, dans mon bonheur ; mais, maintenant qu'il est mort, mon supplice, lui, est redevenu vivant, et j'avais besoin de soulager mon âme en le criant une fois, cette seule fois.

« Mais ce n'est pas toi que j'accuse ; je n'accuse que Dieu, Dieu seul, qui a voulu ce supplice insensé. Je ne t'accuse pas, je le jure, et jamais dans ma colère je ne me suis dressée contre toi. Même à l'heure où mon corps se tordait dans les douleurs, même lorsque, devant les jeunes externes, il brûlait de honte en subissant les attouchements de leurs regards, même à la seconde où la douleur me déchira l'âme, jamais je ne t'ai accusé devant Dieu, jamais aucun regret ne m'est venu des nuits passées avec toi ; jamais mon amour pour toi n'a subi l'atteinte d'un reproche de ma part ; toujours je t'ai aimé, toujours j'ai béni l'heure où je t'ai rencontré. Et, dussé-je de nouveau traverser l'enfer de ces heures de souffrance, quand bien même je saurais d'avance ce qui m'attend, ô mon bien-aimé, je ferais encore une fois ce que j'ai fait, encore une fois, encore mille fois ! »

*

« Notre enfant est mort hier. Tu ne l'as jamais connu. Jamais, même dans une fugitive rencontre, due au hasard, ce petit être en fleur, né de ton être, n'a frôlé en passant ton regard. Dès que j'eus cet enfant, je me tins cachée à tes yeux pendant longtemps. Mon ardent amour pour toi était devenu moins douloureux ; je crois même que je ne t'aimais plus aussi passionnément ; tout au moins, mon amour ne me faisait plus autant souffrir depuis qu'il m'avait été donné. Je ne voulais pas me partager entre toi et lui ; aussi je me consacrai non pas à toi, qui étais heureux et vivais hors de moi, mais à cet enfant qui avait besoin de moi, que je devais nourrir, que je pouvais prendre dans mes bras et couvrir de baisers. Je semblais délivrée du trouble que tu avais jeté dans mon âme, arrachée à mon mauvais destin, sauvée, enfin, par cet autre toi-même, mais qui était véritablement à moi ; et ce n'était plus que rarement, tout à fait rarement, que ma passion se portait humblement au-devant de ta maison. Je ne faisais qu'une chose : à ton anniversaire, je t'envoyais un bouquet de roses blanches, tout pareilles à celles que tu m'avais offertes après notre première nuit d'amour. T'es-tu jamais demandé en ces dix, en ces onze années, qui te les envoyait ? T'es-tu souvenu, peut-être, de celle à qui tu as offert, un jour, de telles roses ? Je l'ignore et je ne connaîtrai jamais ta réponse. Il me suffisait, quant à moi, de te les offrir en secret et de faire éclore, une fois chaque année, le souvenir de cet instant.

« Tu ne l'as jamais connu, notre pauvre petit. Aujourd'hui, je m'en veux de l'avoir dérobé à tes yeux, car tu l'aurais aimé. Jamais tu ne l'as connu, le pauvre enfant, jamais tu ne l'as vu sourire, quand il soulevait légèrement les paupières et que ses yeux noirs et intelligents – tes yeux – jetaient sur moi, sur le monde entier, leur lumière claire et joyeuse. Ah ! il était si gai, si charmant : toute la grâce de ton être se répétait en lui ; ton imagination, vive et alerte, se retrouvait en lui ; pendant des heures entières, il pouvait s'amuser follement avec un objet, comme toi tu prends plaisir à jouer avec la vie ; puis on le voyait redevenir sérieux, assis devant ses livres, les sourcils froncés. Sa ressemblance avec toi grandissait chaque jour. Déjà commençait à se développer en lui, visiblement, cette dualité de sérieux et d'enjouement qui t'est propre ; et plus il te ressemblait, plus je l'aimais. Il apprenait bien et bavardait en français comme une pie ; ses cahiers étaient les plus propres de la classe ; avec cela, comme il était gentil, élégant, dans son costume de velours noir ou dans sa blanche vareuse de matelot ! Partout où il allait, il était toujours le plus distingué ; quand je passais avec lui sur la plage de Grado, les femmes s'arrêtaient et caressaient sa longue chevelure blonde ; quand il faisait de la luge sur le Semmering, les gens se retournaient vers lui avec admiration ! Il était si joli, si délicat, si complaisant ! Lorsque, l'année dernière, il devint interne au collège Marie-Thérèse, on eût dit un petit page du dix-huitième siècle à la façon dont il portait son uniforme et sa petite épée. À présent, il n'a plus rien que sa chemisette, le pauvre enfant, couché là, les lèvres exsangues et les mains jointes.

« Mais peut-être veux-tu savoir comment j'ai pu l'élever ainsi, dans le luxe, comment j'ai pu faire pour lui offrir cette vie éclatante et joyeuse des enfants du grand monde ? Mon bien-aimé, je te parle du fond de l'ombre. Je n'ai pas de honte, je vais te le dire, ne t'effraie pas ; mon bien-aimé, je me suis vendue. Je ne suis pas précisément devenue ce qu'on appelle une fille de la rue, une prostituée, mais je me suis vendue. J'ai eu de riches amis, des amants fortunés ; tout d'abord, je les ai cherchés, puis ce furent eux qui me cherchèrent, car – l'as-tu jamais remarqué ? – j'étais très jolie. Chaque homme à qui je me donnais me prenait en affection ; tous m'ont été reconnaissants, tous se sont attachés à moi, tous m'ont aimée… tous, sauf toi, oui, toi seul, ô mon bien-aimé !

« Me méprises-tu à présent que je t'ai révélé que je me suis vendue ? Non, je le sais, tu ne me méprises pas ; je sais que tu comprends tout et comprends aussi que, si j'ai agi de la sorte, c'est uniquement pour toi, pour ton autre moi, pour ton enfant. J'avais touché, un jour, dans cette salle de la maternité, à ce que la pauvreté a d'effroyable ; je savais qu'en ce monde le pauvre est toujours la victime, celui qu'on abaisse et foule aux pieds, et je ne voulais à aucun prix que ton enfant, ton enfant éclatant de beauté, grandît dans les bas-fonds, se pervertît au contact grossier des gens de la rue, s'étiolât dans l'air empesté d'un arrière-corps de maison. Sa bouche délicate ne devait pas connaître la fange du ruisseau, ni son corps, d'une blancheur immaculée, le linge moisi et rugueux du pauvre. Il fallait que ton enfant profitât de tout, de toute la richesse et de toutes les commodités de la terre : il fallait, à son tour, qu'il s'élevât vers toi, vers les sphères où se déroule ta vie.

« C'est la raison, la seule raison pour laquelle je me suis vendue. Cela n'a pas été un sacrifice pour moi ; car ce que l'on nomme communément honneur ou déshonneur n'existait pas à mes yeux. Puisque celui à qui j'appartenais ne m'aimait pas, ce que mon corps pouvait faire me laissait indifférente. Les caresses des hommes, même leur passion la plus profonde, ne touchaient pas mon cœur, bien que mon estime fût grande pour plusieurs d'entre eux et que, devant leur amour sans retour, me rappelant mon propre sort, la pitié m'ébranlât souvent. Tous ceux que je connus furent bons pour moi, tous m'ont gâtée, tous m'ont respectée. Surtout un comte impérial, veuf et âgé – dont les poings se sont meurtris à force de frapper aux portes pour faire admettre au collège Marie-Thérèse l'enfant sans père, ton enfant. Il m'aimait paternellement. Trois fois, quatre fois, il m'a demandée en mariage. Aujourd'hui, je serais comtesse, maîtresse d'un château féerique dans le Tyrol ; je n'aurais pas de soucis, car l'enfant aurait eu un père tendre et qui l'eût adoré, et moi, un mari distingué, bon et doux. Je n'ai pas accepté, bien qu'il eût insisté très fort et très souvent, bien que mon refus lui eût fait beaucoup de mal. J'ai peut-être commis une folie, car je vivrais à présent tranquille, retirée en quelque lieu et, avec moi, cet enfant, cet enfant chéri. Mais pourquoi ne pas te l'avouer ? Je ne voulais pas me lier ; je voulais à tout moment être libre pour toi. Au plus profond de mon cœur, dans mon être inconscient, vivait toujours ce vieux rêve enfantin que peut-être tu m'appellerais encore une fois, ne fût-ce que pour une heure. Et, pour l'éventualité de cette heure, j'ai tout repoussé, parce que je désirais être prête à ton premier appel. Toute ma vie, depuis que je suis sortie de l'enfance, a-t-elle été autre chose qu'une attente, l'attente de ta volonté ?

« Cette heure est venue. Mais tu ne sais pas quand. Tu ne t'en doutes pas, mon bien-aimé. Même à ce moment-là, tu ne m'as pas reconnue – jamais, jamais, jamais tu ne m'as reconnue ! Oui, souvent déjà je t'avais rencontré dans les théâtres, les concerts, au Prater, dans la rue – chaque fois mon cœur tressaillait, mais tu passais sans me voir. En apparence, j'étais, certes, tout autre ; l'enfant craintive était devenue une femme, une belle femme, de l'avis de tous, couverte de superbes toilettes et entourée de soupirants. Comment aurais-tu pu soupçonner en moi la timide jeune fille que tu avais entrevue à la lumière nocturne de ta chambre à coucher ! Parfois, un des hommes avec qui j'étais te saluait ; tu répondais à son salut et levais les yeux vers moi ; mais ton regard était aussi étranger que courtois ; il m'appréciait seulement et ne me reconnaissait pas ; il était loin de moi, atrocement loin. Un jour, je me le rappelle, cet oubli de ma personne, auquel j'étais presque habituée, fut pour moi un supplice. Je me trouvais dans une loge à l'Opéra, avec un ami, et tu étais assis dans la loge voisine. À l'ouverture, les lumières s'éteignirent ; je ne pouvais plus voir ton visage, mais je sentais ton souffle si près de moi, comme je l'avais senti en cette nuit d'amour et, sur le rebord garni de velours qui séparait nos loges, reposait ta main, ta main fine et délicate. Un désir infini s'empara de moi : celui de me pencher et de déposer humblement un baiser sur cette main étrangère, cette main tant chérie, dont j'avais un jour senti le tendre enlacement. Autour de moi, la musique répandait ses ondes pénétrantes ; mon désir devenait de plus en plus fougueux. Je fus obligée de maîtriser mes nerfs pour ne pas me lever, si vive était la force qui attirait mes lèvres vers ta chère main. À la fin du premier acte, je demandai à mon ami de partir. Je ne pouvais plus supporter de t'avoir là, à côté de moi, si étranger et si proche, dans l'obscurité.

« Mais l'heure tant attendue vint pourtant, elle vint encore ; elle vint me visiter une dernière fois au sein des décombres de mon existence. C'était il y a exactement un an, le lendemain du jour anniversaire de ta naissance. Chose étrange, j'avais tout au long de ce jour pensé à toi, car cet anniversaire, je le célèbre toujours comme une fête. J'étais sortie de très grand matin, et j'avais acheté les roses blanches que je te faisais envoyer tous les ans en souvenir d'un moment que tu avais oublié. L'après-midi, j'allai promener l'enfant ; je le conduisis à la pâtisserie Demel, et, le soir, je le menai au théâtre. Je voulais que lui aussi, en quelque manière, dès sa jeunesse, considérât ce jour, sans qu'il en connût la signification, comme une fête mystique. Je passai le lendemain avec l'ami que j'avais à l'époque, un jeune et riche industriel de Brünn, avec qui je vivais depuis deux ans, qui me gâtait et m'idolâtrait. Celui-là aussi voulait m'épouser mais, de même qu'aux autres, je lui avais, sans raison apparente, opposé un refus, bien qu'il nous comblât de cadeaux, l'enfant et moi, et qu'il fût digne d'être aimé pour sa bonté, un peu lourde et servile. Nous allâmes ensemble à un concert, où nous nous trouvâmes en joyeuse compagnie ; nous soupâmes dans un restaurant de la Ringstrasse, et là, parmi les rires et les bavardages, je proposai de terminer la soirée dans un dancing, à Tabarin. D'ordinaire, ce genre d'établissements, avec leur gaieté factice et abreuvée d'alcool, m'était antipathique, comme tout ce qu'on appelle "la noce", et tous ceux qui me proposaient des distractions de cet ordre essuyaient un refus. Mais cette fois-ci – je croyais sentir en moi une puissance magique impénétrable, qui me fit soudain lancer inconsciemment ma proposition, et chacun s'y rallia avec une joyeuse excitation – j'éprouvai tout à coup un désir inexplicable, comme si quelque chose de particulier m'attendait en cet endroit. Habitués à m'être agréable, tous se levèrent, et nous allâmes à Tabarin. Nous y bûmes du champagne, et une joie tout à fait folle s'empara de moi, une joie presque douloureuse même, comme je n'en avais jamais connu. Je buvais et buvais, chantant comme les autres des chansons grivoises, et j'éprouvais un besoin presque irrésistible de danser et de pousser des cris de joie. Soudain – on eût dit que quelque chose de froid ou de brûlant s'était posé sur mon cœur – je sursautai, comme transpercée : tu étais assis avec des amis à la table voisine et tu portais sur moi un regard d'admiration et de désir, ce regard qui toujours m'a remuée jusqu'au tréfonds de l'âme. Pour la première fois depuis des années, tes yeux s'attachaient de nouveau sur moi de toute la force inconsciente et passionnée de ton être. Je tremblais. Le verre que je tenais levé faillit tomber de mes mains. Heureusement, mes compagnons de table ne s'aperçurent pas de mon trouble, qui s'effaça dans le bruit des rires et de la musique.

« Ton regard devenait de plus en plus brûlant et me plongeait tout entière dans un brasier. Je ne savais pas si tu m'avais enfin, enfin reconnue ou si tu me désirais comme une femme que tu n'aurais pas encore tenue dans tes bras, comme une autre, comme une étrangère. Le sang me monta aux joues, je répondais distraitement aux personnes qui étaient avec moi. Tu avais remarqué sans doute combien ton regard me troublait. D'un signe de tête, imperceptible pour les autres, tu me demandas de sortir un instant dans le vestibule. Puis tu réglas l'addition de façon ostensible ; tu pris congé de tes amis et sortis, non sans m'avoir préalablement indiqué à nouveau d'un signe ton intention de m'attendre dehors.

Je tremblais comme si j'avais été en proie au froid ou à la fièvre. Je ne pouvais plus répondre aux questions qui m'étaient posées, je ne maîtrisais plus mon sang en ébullition. Le hasard voulut que, à ce moment-là, un couple de nègres commençât une nouvelle et étrange danse, en frappant des talons et en poussant des cris aigus. Tout le monde avait les yeux sur eux ; je mis cette seconde à profit. Je me levai, dis à mon ami que j'en avais pour un instant, et je te suivis.

« Dehors, tu m'attendais dans le vestibule, devant le vestiaire. Ton regard s'éclaira en me voyant venir. Tu accourus, souriant, au-devant de moi. Je vis immédiatement que tu ne me reconnaissais pas, que tu ne reconnaissais pas l'enfant ni la jeune fille d'autrefois. De nouveau, en cherchant à m'attraper, tu avançais vers une femme rencontrée pour la première fois, vers une inconnue. "Ne pourriez-vous, un jour, à moi aussi, me consacrer une heure ?" me demandas-tu familièrement. Tu me prenais pour une de ces femmes qui se vendent à la nuit, l'assurance avec laquelle tu avais parlé me le confirmait. “Oui”, fis-je. C’était le même “oui” tremblant et pourtant naturel et bien consentant par lequel, il y avait plus de dix ans, la jeune fille que j’étais t’avait répondu dans la rue crépusculaire. “Et quand pourrions-nous nous voir ? – Quand vous voudrez.” Devant toi, je n’avais aucune pudeur. Tu me regardas un peu surpris, en proie à ce même étonnement, fait de méfiance et de curiosité, que tu avais montré jadis devant la rapidité avec laquelle j’avais accepté. “Seriez-vous libre maintenant ? me demandas-tu avec quelque hésitation. – Oui, dis-je, partons.”

« Je voulus aller chercher mon manteau au vestiaire.

« À ce moment, il me revint à l’esprit que le manteau de mon ami et le mien étaient ensemble et qu’il avait le ticket. Retourner le lui demander, sans motif précis, n’eût pas été possible ; d’autre part, abandonner l’heure que je pouvais passer avec toi, cette heure ardemment désirée depuis longtemps, cela, je ne le voulais pas. Aussi n’hésitai-je pas une seconde : je me contentai de mettre mon châle sur ma robe de soirée, et je sortis dans la nuit brumeuse et humide, sans m'occuper de mon manteau, sans me soucier de l'être bon et affectueux qui me faisait vivre depuis des années, de l'homme que je couvrais de ridicule devant ses amis, en le laissant ainsi, moi qui étais depuis longtemps sa maîtresse, au premier clin d'œil d'un étranger. Oh ! j'avais conscience, au plus profond de moi-même, de la bassesse, de l'ingratitude, de l'infamie que je commettais envers un ami sincère ; je sentais que j'agissais ridiculement et que, par ma folie, j'offensais à jamais, je blessais mortellement un homme plein de bonté pour moi ; je me rendais compte que je brisais ma vie, mais que m'importait l'amitié, que m'importait l'existence, au prix de l'impatience que j'avais de sentir encore une fois le contact de tes lèvres et d'entendre monter vers moi tes paroles de tendresse ? C'est ainsi que je t'ai aimé ; je peux le dire, à présent que tout est passé, que tout est fini. Et je crois que si, sur mon lit de mort, tu m'appelais, je trouverais encore la force de me lever et d'aller te rejoindre.

« Une voiture se trouvait à la porte du dancing, nous filâmes chez toi. J'entendis de nouveau ta voix, jouissant de ton tendre voisinage ; j'étais aussi enivrée, en proie au même bonheur enfantin et confus qu'autrefois. Dans quel état d'exaltation je grimpai, de nouveau, les escaliers, pour la première fois après plus de dix ans, non, non, je ne peux pas te le dire ; je ne peux pas te décrire comment, dans ces quelques secondes, un double sentiment confondait en moi tout le passé et le présent, ni comment, dans tout cela, dans tout cela, je n'apercevais toujours que toi. Il y avait peu de changement dans ta chambre. Quelques tableaux en plus, un plus grand nombre de livres, çà et là des meubles nouveaux, mais tout, pourtant, m'adressait un salut familier. Et, sur ta table de travail, se trouvait le vase avec les roses, mes roses, celles que je t'avais envoyées la veille, à l'occasion de ton anniversaire et en souvenir d'une femme que tu ne te rappelais cependant pas, que tu ne reconnaissais pas, même maintenant qu'elle était près de toi, que ta main tenait sa main, que tes lèvres pressaient ses lèvres. Néanmoins, j'étais heureuse de voir que tu prenais soin de mes roses : de cette façon flottait, malgré tout, autour de toi, un souffle de mon être, un parfum de mon amour.

« Tu me pris dans tes bras. Je passai de nouveau toute une nuit de délices avec toi. Mais, même en ma nudité, tu ne me reconnaissais pas. Heureuse, je m'abandonnais à tes savantes tendresses, et je vis que ta fougue amoureuse ne faisait aucune différence entre une amante et une femme qui se vend, que tu te livrais entièrement à ton désir, avec toute la légèreté et la prodigalité qui te caractérisent. Tu étais si doux, si tendre à mon égard, à l'égard d'une personne rencontrée dans un établissement de nuit, si distingué, si cordial, si plein d'attentions, et cependant tu montrais une telle passion à jouir de la femme. De nouveau je me rendais compte, enivrée encore de l'ancien bonhcur, de la dualité unique de ton être ; je retrouvais dans ta sensualité cette passion cérébrale et lucide qui avait fait de l'enfant que j'étais ton esclave. Jamais je n'ai rencontré, chez un homme, trouvé dans ses caresses, un abandon aussi absolu du moment présent, une telle effusion et un tel rayonnement des profondeurs de l'être – à vrai dire pour s'éteindre ensuite dans un oubli infini et presque inhumain.

« Mais, moi aussi, je m'oubliais : qu'étais-je à présent dans l'obscurité, à côté de toi ? L'ardente gamine de jadis, la mère de ton enfant, l'étrangère ? Ah ! tout était si familier, si proche de moi, et cependant tout était si frémissant de vie nouvelle, en cette nuit passionnée ! Et je priais pour qu'elle ne prît jamais fin !

« Mais le matin arriva. Nous nous levâmes tard. Tu m'invitas à déjeuner avec toi. Nous bûmes ensemble le thé, qu'un domestique invisible avait servi discrètement dans la salle à manger, et nous bavardâmes. De nouveau, tu me parlas avec toute la familiarité franche et cordiale qui t'est propre, et de nouveau sans me poser de questions indiscrètes, sans manifester de curiosité à l'égard de ma personne. Tu ne me demandas ni mon nom, ni mon domicile. Encore une fois, je n'étais pour toi que l'aventure, la femme anonyme, l'heure de passion qui se dissipe sans laisser de trace dans la fumée de l'oubli. Tu me dis que tu allais faire un long voyage de deux ou trois mois en Afrique du Nord. Je tremblais au milieu de mon bonheur, car déjà retentissait à mon oreille le martèlement de ces mots : fini ! fini et oublié ! Volontiers, je me serais jetée à tes genoux en criant : "Emmène-moi avec toi, pour qu'enfin tu me reconnaisses, enfin, enfin, après tant d'années." Mais j'étais si timide et si lâche, si faible et si servile devant toi. Je ne pus que dire : "Quel dommage !" Ton regard se posa sur moi et tu me demandas en souriant : "En éprouves-tu vraiment de la peine ?"

« À ce moment, je fus saisie comme d'un brusque emportement. Je te regardai longtemps, fermement. Puis je dis :"L'homme que j'aimais est, lui aussi, toujours en voyage." Puis je te regardai droit dans les yeux. "Maintenant,

maintenant il va me reconnaître", me disais-je, frémissante et tendue de tout mon être. Mais tu ne répondis que par un sourire et tu déclaras pour me consoler : "Mais on revient toujours. – Oui, répliquai-je, on revient, mais on a oublié."

« Il devait y avoir quelque chose d'étrange, quelque chose de passionné dans la façon dont je te dis cela, car tu te levas aussi, et tu me regardas avec étonnement et beaucoup de tendresse. Tu me pris par les épaules : "Ce qui est bon ne peut s'oublier, je ne t'oublierai pas", me dis-tu. En même temps, ton regard plongeait jusqu'au fond de moi-même, semblant vouloir prendre l'empreinte de mon image. Et comme je le sentais pénétrer, cherchant, fouillant, aspirant tout mon être, à ce moment-là je crus que le charme qui t'empêchait de voir était rompu. Il va me reconnaître, il va me reconnaître. Mon âme entière tremblait à cette pensée.

« Mais tu ne me reconnus pas. Non, tu ne me reconnus pas, et à aucun moment je ne te fus plus étrangère, sans quoi jamais tu n'aurais pu faire ce que tu fis quelques minutes plus tard. Tu m'avais embrassée, embrassée, encore une fois, passionnément. Je dus réparer le désordre de mes cheveux. Pendant que j'étais devant la glace – ah ! je crus m'évanouir de honte et d'effroi ! – je te vis, derrière moi, en train de glisser discrètement dans mon manchon quelques gros billets de banque. Comment ai-je été assez forte pour ne pas crier, ne pas te gifler à cet instant-là, moi qui t'aimais depuis mon enfance, moi la mère de ton enfant, tu me payais pour cette nuit ! À tes yeux, j'étais une cocotte de Tabarin, rien de plus – et tu m'avais payée, oui, payée ! Ce n'était pas assez que tu m'eusses oubliée, il fallait encore que tu m'avilisses.

« Je ramassai rapidement mes affaires. Je voulais m'en aller, m'en aller au plus vite. Je souffrais trop. J'avançai la main pour prendre mon chapeau ; il était sur la table de travail, à côté du vase contenant les roses blanches, mes roses. À ce moment, un besoin, un besoin puissant, irrésistible, s'empara de moi :

je devais tenter encore une fois de réveiller tes souvenirs. “Ne voudrais-tu pas me donner une de tes roses blanches ? dis-je. – Volontiers !” répondis-tu. Et, immédiatement, tu en pris une. “Mais, peut-être est-ce une femme qui te les a données, une femme qui t'aime ? remarquai-je. – Peut-être, dis-tu, mais je l'ignore. Elles m'ont été données je ne sais par qui, c'est pourquoi je les aime.” Je te regardai. “Peut-être aussi viennent-elles d'une femme que tu as oubliée ?”

« Tu levas les yeux sur moi avec étonnement. Je te regardai fixement. “Reconnais-moi, reconnais-moi enfin !” criait mon regard. Mais tes yeux souriaient amicalement, sans comprendre. Tu m'embrassas encore une fois, mais tu ne me reconnus pas.

« Je me hâtai vers la porte, car je sentais les larmes me monter aux yeux, et cela, il ne fallait pas que tu le visses. Dans l'antichambre – j'étais sortie avec précipitation –, je faillis buter contre Jean, ton domestique. Effrayé, il fit un bond sur le côté et ouvrit brusquement la porte pour me laisser passer. Et, comme je le regardais, durant cet instant, entends-tu ? durant cette unique seconde, comme, les larmes aux yeux, je regardais le vieillard, je vis une lueur soudaine palpiter dans son regard. L'espace d'une seconde, entends-tu ? l'espace de cette unique seconde, ton vieux domestique m'a reconnue, lui qui, depuis mon enfance, ne m'avait pas vue.

« Je me serais mise à genoux, je lui aurais baisé les mains ! J'arrachai vite de mon manchon les billets de banque avec lesquels tu m'avais flagellée et je les lui glissai dans la main. Il tremblait, me regardait avec effroi ; en cette seconde, il m'a peut-être mieux comprise que toi dans toute ton existence. Tous les hommes, tous, m'ont gâtée ; tous se sont montrés bons envers moi, toi, toi seul tu m'as oubliée, toi, toi seul, tu ne m'as jamais reconnue. »

*

« Mon enfant est mort, notre enfant. À présent, je n'ai plus personne au monde, personne à aimer que toi. Mais qu'es-tu pour moi, toi qui jamais ne me reconnais, toi qui passes à côté de moi comme on passe au bord de l'eau, toi qui marches sur moi comme sur une pierre, toi qui toujours vas, qui toujours poursuis ta route et me laisses dans l'attente éternelle ? Un jour, je crus te tenir, tenir en cet enfant l'être fuyant que tu es. Mais c'était ton enfant : pendant la nuit, il m'a quittée cruellement pour un autre voyage ; il m'a oubliée et jamais il ne reviendra ! De nouveau, je suis seule, plus seule que jamais ; je n'ai plus rien de toi, rien – plus d'enfant, pas une ligne, pas un mot, pas un souvenir –, et si quelqu'un prononçait mon nom devant toi, il n'aurait pour toi aucune signification. Pourquoi ne mourrais-je pas volontiers, puisque pour toi je n'existe pas ? Pourquoi ne pas quitter ce monde, puisque tu m'as quittée ? Non, mon bien-aimé, je te le dis encore, je ne t'accuse pas ; je ne veux pas que mes lamentations aillent jeter le trouble dans la joie de ta demeure. Ne crains pas que je t'obsède plus longtemps ; pardonne-moi, j'avais besoin de crier, une fois, de toute mon âme, à cette heure où mon enfant est étendu là, sans vie et abandonné. Il fallait que je te parle une fois, rien qu'une fois. Je retourne ensuite dans mes ténèbres, et je redeviens muette, muette, comme je l'ai toujours été à côté de toi. Mais ce cri ne te parviendra pas tant que je vivrai. Ce n'est que quand je serai morte que tu recevras ce testament, testament d'une femme qui t'a plus aimé que toutes les autres, et que tu n'as jamais reconnue, d'une femme qui n'a cessé de t'attendre et que tu n'as jamais appelée. Peut-être, peut-être alors m'appelleras-tu, et je te serai infidèle, pour la première fois, puisque, dans ma tombe, je n'entendrai pas ton appel. Je ne te laisse aucun portrait, aucune marque d'identité, de même que toi, tu ne m'as rien laissé ; jamais tu ne me reconnaîtras, jamais ! C'était ma destinée dans la vie ; qu'il en soit de même dans la mort. Je ne veux pas t'appeler à ma dernière heure, je m'en vais sans que tu connaisses ni mon nom, ni mon visage. Je meurs sans regret car, de loin, tu n'en éprouves aucune souffrance. Si tu devais souffrir de ma mort, je ne pourrais pas mourir !

« Je ne peux plus continuer à écrire... J'ai la tête si lourde... mes membres sont douloureux, j'ai la fièvre... Je crois que je vais être obligée de m'étendre tout de suite. Peut-être sera-ce bientôt fini... Peut-être que le destin me sera clément une fois au moins et je ne devrai pas voir les hommes en noir emporter mon enfant... Je ne peux plus écrire. Adieu ! mon bien-aimé, adieu ! je te remercie. Ce fut bien, malgré tout... jusqu'à mon dernier souffle, je t'en remercierai... Je me sens soulagée : je t'ai tout dit, tu sais à présent – non, tu le devines seulement – combien je t'ai aimé, et pourtant cet amour ne te laisse aucune charge. Je ne te manquerai pas – cela me console. Il n'y aura aucun changement dans ta vie magnifique et lumineuse... Ma mort ne te causera aucun ennui... Cela me console, ô mon bien-aimé !

« Mais qui… qui, maintenant, chaque année, pour ton anniversaire, t'enverra des roses blanches ? Ah ! le vase sera vide, et c'en sera fini aussi de ce faible souffle de ma vie, de cette haleine de mon être qui flottait une fois l'an autour de toi ! Mon bien-aimé, écoute, je t'en prie… c'est la première et la dernière prière que je t'adresse… en souvenir de moi, fais ce que je te demande : à chaque anniversaire de ta naissance – c'est un jour dont, certes, on se souvient – procure-toi des roses et mets-les dans le vase. Fais cela, mon bien-aimé, fais cela comme d'autres, une fois l'an, font dire une messe pour une chère défunte. Je ne crois plus en Dieu et ne veux pas de messe ; je ne crois qu'en toi, je n'aime que toi et ne veux survivre qu'en toi…

« Oh ! rien qu'un jour dans l'année et tout à fait, tout à fait silencieusement, comme j'ai vécu à côté de toi… je t'en prie, fais ce que je te demande, ô mon bien-aimé… C'est la première prière que je t'adresse, c'est aussi la dernière… je te remercie… je t'aime… je t'aime… adieu… »

*

Les mains tremblantes de l'écrivain lâchèrent la lettre. Puis il réfléchit longuement. Confusément montait en lui le souvenir vague d'une enfant du voisinage et d'une jeune fille, d'une femme rencontrée dans un établissement de nuit, mais ce souvenir restait vague et indistinct, comme une pierre qui brille et qui tremble au fond de l'eau sans qu'on puisse discerner sa forme. Des ombres, en son esprit, s'avançaient et reculaient, sans jamais constituer une image nette. Il remuait en lui de tendres souvenirs, mais rien ne devenait précis. Il lui semblait avoir rêvé de toutes ces figures, rêvé souvent et profondément, mais seulement rêvé. Son regard tomba alors sur le vase bleu qui se trouvait devant lui sur la table de travail. Il était vide, vide pour la première fois au jour de son anniversaire. Il eut un tressaillement de frayeur. Ce fut pour lui comme si, soudain, une porte invisible s'était ouverte et qu'un courant d'air glacé, sorti de l'autre monde, avait pénétré dans la quiétude de sa chambre. Il sentit que quelqu'un venait de mourir ; il sentit qu'il y avait eu là un immortel amour : au plus profond de son âme, quelque chose s'épanouit, et il pensa à l'amante invisible aussi immatériellement et aussi passionnément qu'à une musique lointaine.

La Cosmopolite

(Collection créée par André Bay)

(Extrait du catalogue)

Kôbô ABÉ
La femme des sables
La face d'un autre
L'homme-boîte

Vassilis ALEXAKIS
Talgo

Jorge AMADO
Tieta d'Agreste
La bataille du Petit Trianon
Le vieux marin
Dona Flor et ses deux maris
Cacao
Les deux morts de Quinquin-La-Flotte

Maria Àngels ANGLADA
Le violon d'Auschwitz

Reinaldo ARENAS
L'assaut

Sawako ARIOYOSHI
Kae ou les deux rivales
Les années du crépuscule

James BALDWIN
Si Beale Street pouvait parler
Harlem Quartet

Herman BANG
Tine
Maison blanche. Maison grise

Julian BARNES
Le perroquet de Flaubert
Le soleil en face

Mario BELLATIN	*Salon de beauté*
Karen BLIXEN	*Sept contes gothiques*
Ivan BOUNINE	*Le monsieur de San Francisco*
André BRINK	*Un turbulent silence*
	Une saison blanche et sèche
	Les droits du désir
Louis BROMFIELD	*La mousson*
Ron BUTLIN	*Appartenance*
Karel CAPEK	*La vie et l'œuvre du compositeur Foltyn*
Raymond CARVER	*Les vitamines du bonheur* suivi de *Tais-toi, je t'en prie* et *Parlez-moi d'amour*
Gabriele D'ANNUNZIO	*Terre vierge*
Kathryn DAVIS	*À la lisière du monde*
	Aux enfers
Federico DE ROBERTO	*Les princes de Francalanza*
Lyubko DERESH	*Culte*
Anita DESAI	*Un héritage exorbitant*
Tove DITLEVSEN	*Printemps précoce*
Monika FAGERHOLM	*La fille américaine*
Lygia FAGUNDES TELLES	*Les pensionnaires*
Kjartan FLØGSTAD	*Grand Manila*
Tomomi FUJIWARA	*Le conducteur de métro*
Horst Wolframm GEISZLER	*Cher Augustin*
Alberto GERCHUNOFF	*Les gauchos juifs*
Robert GRAVES	*King Jesus*
Wendy GUERRA	*Tout le monde s'en va*
	Mère Cuba
Farjallah HAÏK	*L'envers de Caïn*
	Joumana
Mark HELPRIN	*Conte d'hiver*
Hermann HESSE	*Demian*
E.T.A. HOFFMANN	*Les élixirs du diable*

Yasushi INOUÉ	*Le fusil de chasse et autres récits,* édition intégrale des nouvelles de l'auteur publiées dans la Cosmopolite
	Histoire de ma mère
	Les dimanches de Monsieur Ushioda
	Paroi de glace
	Au bord du lac
	Le faussaire
	Le combat de taureaux
	Le Maître de thé
	Pluie d'orage
Jens Peter JACOBSEN	*Niels Lyhne*
Henry JAMES	*L'autel des morts* suivi de *Dans la cage*
	Le regard aux aguets
Eyvind JOHNSON	*Le roman d'Olof*
Ismaïl KADARÉ	*La ville sans enseignes*
Yoram KANIUK	*Adam ressuscité*
	Confessions d'un bon Arabe
Jack KEROUAC	*Maggie Cassidy*
Ken KESEY	*Vol au-dessus d'un nid de coucou*
Pär LAGERKVIST	*Le nain*
	Le bourreau
	Barabbas
Selma LAGERLÖF	*L'anneau du pêcheur*
	Jérusalem en terre sainte
	L'empereur du Portugal
D.H. LAWRENCE	*Île mon île*
LUXUN	*Le journal d'un fou*
Thomas MANN	*Tonio Kröger*
	La mort à Venise

Katherine MANSFIELD	*Nouvelles*
	Lettres
	Cahier de notes
Predrag MATVEJEVITCH	*Entre asile et exil*
Carson MCCULLERS	*Le cœur est un chasseur solitaire* suivi de *Écrivains, écriture et autres propos*
	Le cœur hypothéqué
	Frankie Addams
	La ballade du café triste
	L'horloge sans aiguilles
	Reflets dans un œil d'or
Gustav MEYRINK	*Le Golem*
Henry MILLER	*Tropique du Capricorne*
	Un dimanche après la guerre
	Entretiens de Paris
	Virage à 80
	Tropique du Cancer suivi de *Tropique du Capricorne*
Henry MILLER / Anaïs NIN	*Correspondance passionnée*
Vladimir NABOKOV	*Don Quichotte*
	Austen, Dickens, Flaubert, Stevenson
	Proust, Kafka, Joyce
	Gogol, Tourgueniev, Dostoïevski
	Tolstoï, Tchekhov, Gorki
Nigel NICHOLSON	*Portrait d'un mariage*
Anaïs NIN	*Les miroirs dans le jardin*
	Les chambres du cœur
	Une espionne dans la maison de l'amour
	Henry et June
Joyce Carol OATES	*Eux*
	Blonde

	Confessions d'un gang de filles
	Nous étions les Mulvaney
	La Fille tatouée
Kenzaburo OÉ	*Une affaire personnelle*
OLIVIA	*Olivia par Olivia*
O. HENRY	*New York tic-tac*
Robert PENN WARREN	*La grande forêt*
Jia PINGWA	*La capitale déchue*
Jhabvala Ruth PRAWER	*La vie comme à Dehli*
Thomas ROSENBOOM	*Le danseur de tango*
Arthur SCHNITZLER	*Madame Béate et son fils*
	La ronde
	Mademoiselle Else
	La pénombre des âmes
	Vienne au crépuscule
	Mourir
	L'étrangère
Mihail SEBASTIEN	*Journal 1935-1944*
Isaac Bashevis SINGER	*Le magicien de Lublin*
	Shosha
	Le blasphémateur
	Yentl et autres nouvelles
	L'esclave
	Le beau monsieur de Cracovie
	Un jeune homme à la recherche de l'amour
	Le manoir
	Le domaine
	La couronne de plumes et autres nouvelles
Muriel SPARK	*Le pisseur de copie*
Saša STANIŠIĆ	*Le soldat et le gramophone*
Sara STRIDSBERG	*La faculté des rêves*
Junichiro TANIZAKI	*Deux amours cruelles*

Rupert THOMSON	*L'église de Monsieur Eiffel*
Léon TOLSTOÏ	*La mort d'Ivan Ilitch* suivi de *Maître et serviteur*
Ivan TOURGUENIEV	*L'abandonnée*
	Dimitri Roudine
	L'exécution de Troppmann et autres récits
B. TRAVEN	*Le visiteur du soir*
Magdalena TULLI	*Le défaut*
Anne TYLER	*Toujours partir*
	Le voyageur malgré lui
	Le déjeuner de la nostalgie
Fred UHLMAN	*La lettre de Conrad*
	Il fait beau à Paris aujourd'hui
Sigrid UNDSET	*Olav Audunssøn*
	Kristin Lavransdatter
	Vigdis la farouche
	Printemps
Birgit VANDERBEKE	*Le dîner de moules*
Ernst Emil WIECHERT	*La servante du passeur*
Oscar WILDE	*Intentions*
	De profundis
	Nouvelles fantastiques
	Le procès d'Oscar Wilde
Christa WOLF	*Aucun lieu. Nulle part*
	Scènes d'été
	Incident
	Trois histoires invraisemblables
	Cassandre
	Médée
Virginia WOOLF	*La chambre de Jacob*
	Au phare
	Journal d'adolescence
	Journal intégral (1915-1941)

Instants de vie
Orlando

Kikou YAMATA

Masako
La dame de beauté

Stefan ZWEIG

Nietzsche
Vingt-quatre heures de la vie d'une femme
Le joueur d'échecs
La confusion des sentiments
Amok
Lettre d'une inconnue

Pour l'éditeur, le principe est d'utiliser des papiers composés de fibres naturelles, renouvelables, recyclables et fabriquées à partir de bois issus de forêts qui adoptent un système d'aménagement durable.

En outre, l'éditeur attend de ses fournisseurs de papier qu'ils s'inscrivent dans une démarche de certification environnementale reconnue.

Ce volume a été composé
par PCA à Rezé (Loire-Atlantique)

Cet ouvrage a été imprimé en France par
CPI Bussière
à Saint-Amand-Montrond (Cher)
pour le compte des Éditions Stock
31, rue de Fleurus, 75006 Paris
en mai 2009

N° d'édition : 05. – N° d'impression : 091688/1.
Dépôt légal : mai 2009.
54-08-6311/2